KB274759

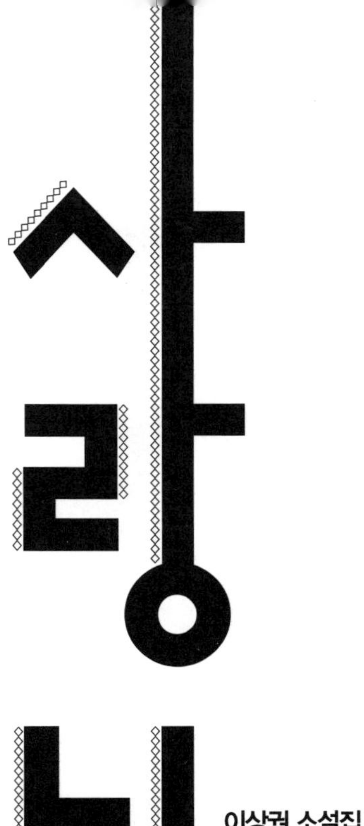

사랑니

이상권 소설집

|주|자음과모음

하늘과 땅을 창조했다고 하는 세상 모든 신들에게
살아가는 모든 것들을 창조했다고 하는 세상 모든 신들에게
그중에서도 인간이라는 동물을 창조했다고 하는 세상 모든 신들에게

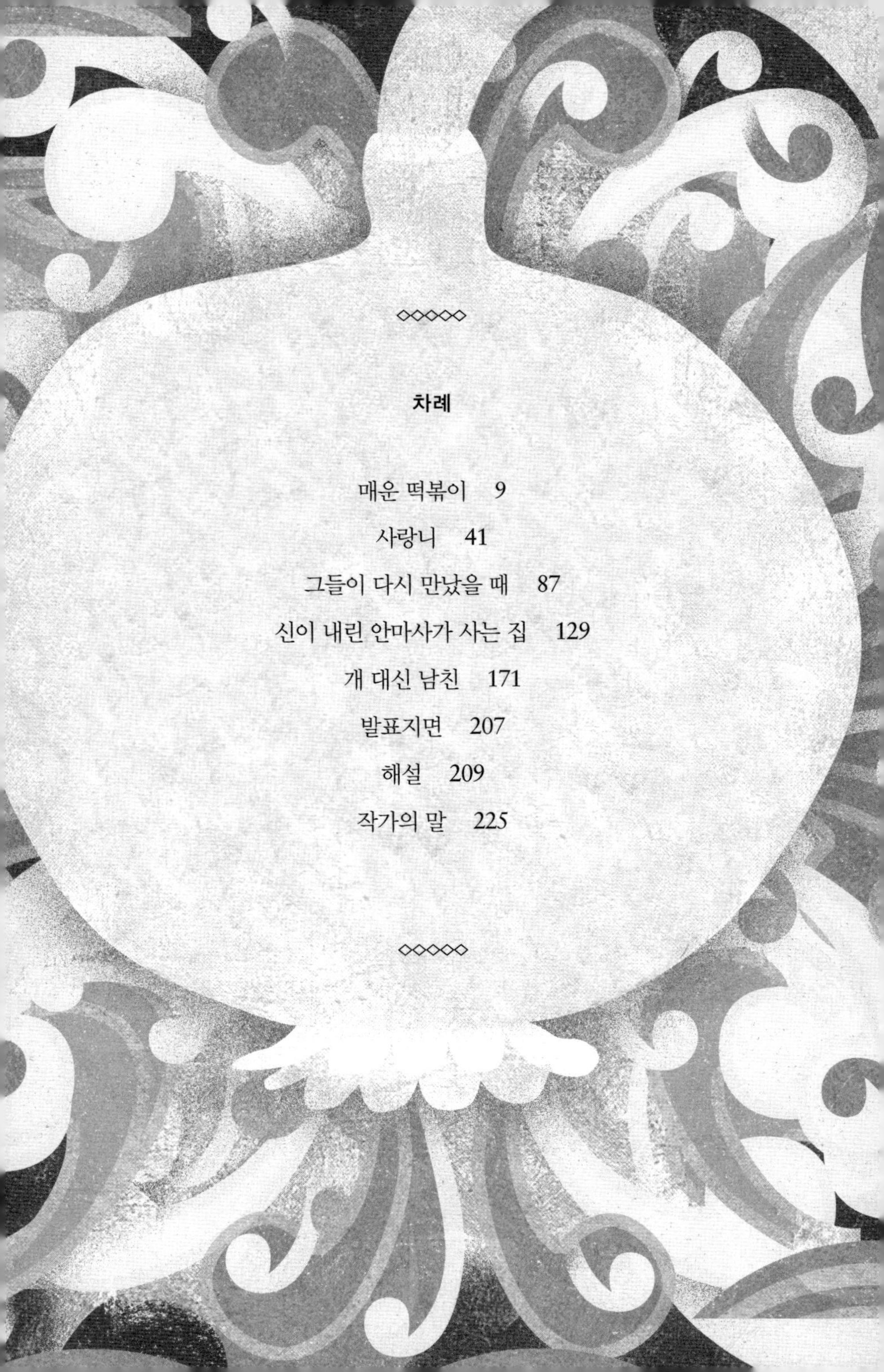

차례

매운 떡볶이　9

사랑니　41

그들이 다시 만났을 때　87

신이 내린 안마사가 사는 집　129

개 대신 남친　171

발표지면　207

해설　209

작가의 말　225

매운
떡볶이

아가야, 왜 우니? 이 인생의 무엇을
안다고 우니? 무슨 슬픔을 당했다고,
우니?
(천상병, 「아가야」 중에서)

　나는 자꾸만 눈을 감았다 뜨면서 머리를 흔들어댔다. 진료실에서 나오는 작은이모를 보는 순간 한 인간이 살아가면서 어쩔 때 저런 표정이 나올까, 한동안 멍해지기도 하였다. 작은이모는 전혀 다른 사람들을 의식하지 못하고는 무너지려고 하는 당신의 육신을 가까스로 밀고 왔다. 눈빛은 허공에 떠 있었다. "이모오!" 하는 메아리가 내 입에서 풀려나갔다. 그제야 작은이모는 서른여섯 해 동안 살아온 힘을 눈에다 모으려고 하였다. 아무리 봐도 조금 전하고는 전혀 다른 사람이 되어 있었다.

"채영아, 이 가방 들고 잠깐만 있어. 금방 진료받고 올게."

진료실로 들어가던 작은이모의 뒷모습에서는 묘한 빛깔이 아롱거렸고 묘한 탄력이 물결쳤고 묘한 자신감이 느껴졌다. 그랬던 작은이모는 내가 감당할 수 없을 정도로 낯설어져 있었다. 작은이모의 가슴속에는 내가 상상조차 할 수 없는 어마어마한 사건이 숨겨져 있는 게 분명했다. 나는 무슨 일이냐고 속삭여놓고도 작은이모의 대답이 무서워서 가슴을 꼭 눌렀다. 다행히도 작은이모의 입술은 열리지 않았다.

지하주차장으로 나오자 작은이모의 휴대전화가 예민하게 소리를 냈다. 작은이모의 입에서 오빠라는 말이 튕겨 나왔다. 작은이모부였다.

"오빠아아, 안 좋대……. 염색체 하나가…… 왜 우리한테 이런…… 모르겠어, 난…….."

무슨 말인지 확실하게 해독할 수는 없어도 작은이모의 몸속에서 살고 있는 아기한테 문제가 생겼구나, 그 정도 예측은 할 수 있었다. 작은이모의 양 볼로 눈물이 어지럽게 달리기를 하였다. 폭풍 눈물이었다. 작은이모는 자동차 와이퍼처럼 한 손으로 눈물을 진압하려고 하였으나 역부족이었다.

이럴 땐 어찌해야 하는지 모르겠다. 더구나 나보다 많은 세월을 거슬러 올라온 어른이 쌀알 같은 눈물을 쏟아낼 때는 어떻게 대처를 해야 하는지, 학교는 물론 세상 어디에서도 적당한 대처 요령을 귀동냥한 적이 없다. 그냥 작은이모의 어깨를 토닥이면서 괜찮다고 달래줄 수도 없고, 그냥 끌어안고 한타령으로 눈물 바람을 해댈 수도 없고, 그냥 슬그머니 이 자리에서 사라져버릴 수도 없고, 그냥 눈과 귀를 막고 모른 체할 수도 없었다.

오늘은 참 이상한 날이었다. 집을 나설 때부터 머리앓이가 심해서 나도 모르게 인상을 찌푸렸으며, 친구들을 보아도 다디단 웃음을 흘릴 수 없었으며, 수업 시간에 선생님 목소리를 뇌에다 가지런히 정리하려고 해도 제대로 알아들을 수가 없었으며, 어디 아무도 없는 곳에 가서 시험이다 친구다 가족이다 그런 것들을 다 잊어버리고 딱 하루만, 아니 딱 한 시간이라도 좋으니까 그렇게 나를 놓아주고 싶었다. 중간고사가 일주일 앞으로 포복해 왔으니까 이러면 안 된다고 나를 달랠수록, 친구들이 너 어디 아프냐고 걱정 어린 눈길을 보내올수록 무기력해지고 귀찮아지고 짜증이 났다. 아침부터 엄마한테 시험을 앞두고 너무 잠을 많이 잔다고 심하게 타박을 당해서 그런가, 아니면 생리가 시작되어서, 그것도 아니면 요즘 친한 친구들이 죄다 남친이 생겨서 상대적인 외로움 때문에 그런가, 그도 아니면 이번에야말로 뭔가 보여주겠다고 독하게 마음을 먹고 중간고사를 준비하다 보니 너무 긴장해서 그런가, 그러는가, 과목마다 과외까지 붙여놓고는 뒤에서 으르렁거리는 엄마의 서슬이 두려워서 그러는가. 그럴 수도 있지만, 갑자기 쏟아지는 졸음처럼 내 몸이 통제 불능의 상태로 빠져들기란 처음이다 보니 더욱 짜증만 났다. 게다가 점심을 먹고는 체했는지 화장실을 들락거리다가 결국은 다 토해버렸고, 생전 처음으로 보건실 침대에서 한 시간이나 방치되어 있다가 조퇴를 하는 사태가 벌어지고야 말았다. 막상 학교를 나왔는데도 집에 갈 용기가 나지 않았다. 엄마는 이런 나를 이해하려고 하지 않을 것이고, 나 역시 그런 엄마를 이해시킬 자신이 없었다. 나는 괜히 버스 정류장 팻말에다 머리를 박으면서 자해하고 싶은 충동이 생길 정도로 혼란스러웠다.

그때 휴대전화가 몸을 떨었다. 액정 화면에 해정이라고 떴다. 순간 받을까 말까 망설였다. 해정이는 공부 시간이건 잠잘 시간이건 상대방에 대한 아무런 배려도 없이 무시로 전화를 걸었다. 나는 다시 받을까 말까 망설이다가 해정이 목소리를 들은 지도 달포가 넘었다는 걸 깨달았다. 그동안 숱하게 걸려 온 전화를 이런 식으로 고민하다가 무시해버린 거다. 언제부턴지 너는 해정이 목소리를 지겨워하고 있었지, 나는 그렇게 중얼거리면서 해정이의 전화를 받았다. 해정이 목소리는 맑고 짜랑짜랑했다. 아무런 근심이 없는 목소리였다. 그런 해정이가 부러워졌다.

"채영아, 저번 주 토요일 날 내 생일이었는데, 언니가 많이 기다렸는데, 너 왜 안 왔어?"

맞다. 이맘때쯤에 해정이 생일이 걸쳐 있다. 나보다 석 달 빠르다. 내가 미안하다고 하자 해정이는 더 이상 생일 타령을 하지 않았다. 그만큼 해정이는 단순하다. 타인에 대한 나쁜 감정을 오래 품지 못한다.

"채영아, 고수가 강아지 낳았어. 다섯 마리. 언니가 이름 붙여줄 거야. 언니가 가면 강아지들이 쭈르르 나와서 안겨. 인형 같애. 너도 보고 싶지?"

엄마가 2년간 식구들의 따가운 눈초리를 무시하고 키우던 삽살개 우물이는, 외삼촌네 집에 가자마자 온 동네 고물을 다 물어다 나르는 통에 '고물 장수'로 불리다가 몇 달 전부터 '고물 장수'의 앞뒤 말만 뽑아서 '고수'라고 불린다. 고수가 새끼를 낳았다는 말에 뭐라고 맞장구쳐주고 싶었으나 그랬다가는 전화가 마냥 길어질 게 뻔해서 나도 보고 싶다는 말만 짧게 하였다.

해정이는 전화를 하는 사람이 많지 않다. 외삼촌, 외숙모, 외할머니, 큰이모, 엄마, 작은이모 그리고 나. 그중에서도 내가 가장 만만하다. 해정이는 전화기만 입에 대면 말이 많아진다. 하나의 이야기를 길게 하지도 않는다. 짧게 짧게 하는데도 이야기 밑천이 떨어지지 않는다. 대단하다. 해정이는 나하고 달리 요즘 연예인 이야기는 하지 않는다. 공부 이야기도 하지 않는다. 늘 자기 이야기만 풀어놓는다. 늘 솔직하게 이야기를 한다. 해정이 몸속에는 거짓말이라는 단어가 살 수 없다.

"채영아, 이번 주 토욜 날 오지? 이번 주 토요일이 할머니 칠순

이잖아! 부페에서 한대. 큰고모랑 작은고모랑 다 오신대. 나 그때 한복 입는대. 너도 한복 입고 와…….”

그렇다. 이번 주 토요일이 할머니 칠순이다. 누군가 나한테 짚어주어서 아는 게 아니라 어른들이 통화하는 소리를 귀동냥하여서 알았다. 아무도 나한테는 그날을 각인시켜주지 않았다. 서운했다. 아무리 기다려도 엄마 입에서는 그런 말이 나오지 않아, 지난 주 토요일 날 큰이모의 전화를 받자마자 엄마한테 나도 할머니 칠순 잔치에 가냐고 물었다. 엄마는 대답하지 않았다. 내가 다시 묻자 “너는 안 가도 돼. 시험이 코앞이잖아!” 하는 싸늘한 엄마의 목소리만이 되돌아왔다. 나는 처음으로 엄마한테 반항하고 싶었다. 평생 딱 한 번뿐인 외할머니 칠순 잔치인데 외손녀인 나를 참석하지 못하게 하다니, 도저히 그런 엄마를 이해할 수 없었고 그런 말을 듣고도 모르쇠하고 있는 아빠가 이상하게도 비겁해 보였다.

나는 해정이한테 꼭 가겠다는 말을 하지 못했다.

전화를 끊자 더욱 맥이 빠졌다. 이럴 때 남친이라도 있었으면 실컷 하소연이라도 할 텐데……. 그렇게 휴대전화를 주물럭거리다가 작은이모의 얼굴을 떠올렸다. 사실 나는 힘들거나 답답하거나 뭔가 맘대로 되지 않거나 그럴 때마다 작은이모한테 도움을 청했다. 때로는 엄마나 아빠한테 하지 못하는 예민한 고민도 풀어놓았다. 그만큼 작은이모는 편한 존재였다. 어렸을 때부터 작은이모는 유독 나를 챙겼다. 어린이날이나 크리스마스는 물론 내 생일까지도 엄마보다 더 각별하게 챙겨주었고, 때마다 내가 보아야 할 권장 도서까지 꼬박꼬박 챙겨주었으며, 중학교에 올라간 뒤로는 내가 좋아하는 가수들 시디는 물론 가수들 콘서트까지 챙겨주었다. 재작년에 결혼한 뒤로는 엄마 몰래 둘이서 영화도 자주 보았다.

작은이모는 내 전화를 기다렸다는 듯이 어서 오라고 하였다. 작은이모네 집은 멀지 않았다. 작은이모는 요란하게 손을 흔들면서 나를 차에 태웠다.

"내가 오늘 매운 게 땡겼는데…… 채영아, 너 잘 왔다. 이모가 매운 떡볶이집 아는데 이따가 거기 가자. 지지배, 너도 가슴에 맺힌 게 많구나. 아직 멀었는데. 이제 고1이잖아? 벌써부터 가슴이 답답하면 안 되는데. 하여간 그럴 땐 매운 걸로 속을 씻어줘야 해. 이모가 그랬어. 점수가 예상보다 안 나오거나 남친이 속 썩이거나……. 이모가 잠깐 병원에 들러야 하거든. 잠깐 참을 수 있지?"

입에서 군침이 돌았다. 나는 체해서 심하게 토했는데도 매운 떡볶이를 갈망하고 있었다. 나 역시 작은이모만큼이나 매운 떡볶이를 좋아했다. 매운 떡볶이를 먹어본 지가…… 그래, 지난 설날 작은이모랑 먹어보고 그 뒤로는 한 번도 먹지 못했다. 짜릿하면서도 눈물이 핑 돌게 하는 그 매운맛으로 중무장한 쫄깃쫄깃한 떡볶이. 그 매운맛이 난장판처럼 탈이 나버린 내 배 속을 깨끗하게 설거지해줄 것이라고 확신하면서, 작은이모의 경쾌한 발걸음을 따라 병원 산부인과로 갔던 것이다.

작은이모는 내가 MP3에 저장된 노래를 스무 곡 정도 듣고 나자 그제야 눈물을 씻어내고 승용차 시동을 걸었다. 내가 조심스럽게 괜찮냐고 물었다. 역시 이모는 대답하지 않았다. 차는 지하주차장을 나갈 때부터 불안했다. 주차 요원이 몇 번이나 손짓으로 유도를 했는데도 작은이모는 엉뚱한 곳으로 차를 몰았고, 이내 반대편에서 오던 차가 비상등을 켜면서 경적을 울려댔다. 작은이모는 주차 요원의 안내를 받으면서 간신히 차를 돌렸다. 차는 계속 불안하게 움직였다. 결국 지하주차장을 나가 처음으로 만난 횡단보도 앞에서 급정거를 하였다. 횡단보도를 지나가던 할아버지가 놀라면서 삿대질을 하였다. 작은이모가 죄송하다며 연신 고개를 숙였다. 아무래도 안 되겠다는 판단이 섰다. 작은이모도 이미 스스로 차를 몰고 갈 수 없다고 판단했는지 운전대에다 얼굴을 묻어버렸다.

엄마한테는 전화를 할 수가 없었다. 너 지금 학교에 있어야 할 시간에 왜 거기 있는 거야, 그렇게 날카로운 파편이 되어 날아올 엄마의 목소리를 떠올리자 다시 배가 아팠다. 엄마는 중학교 때까지만 해도 성적에 대한 압박을 심하게 하지 않았으나 고등학교 문턱을 넘어서자마자 모든 과목과 모든 시간을 체크하고 컴퓨터와 휴대전화까지 체크하면서 나를 압박하였다. 주말에는 과외 선생님까지 붙여주었다.

나는 큰이모를 떠올렸다. 큰이모는 심수봉의 〈백만 송이 장미〉

라는 배경음악이 몇 번이나 되풀이되도록 전화를 받지 않았다. 작은고모부한테 전화를 걸었다. 통화 중이었다. 조금 있다가 다시 전화를 해도, 또 해도, 또 해도…… 통화 중이었다. 외삼촌네 집은 너무 멀어서 도움을 청할 수도 없다. 이제 엄마나 아빠뿐인데, 아빠 직장도 멀다.

결국 엄마뿐이다. 오늘은 정말 되는 게 하나도 없는 날인가 봐, 하고 중얼거린 다음 엄마한테 전화를 걸었다. 예상대로 엄마는 전화를 받자마자 이 시간에 어쩐 일이냐고 퉁명스럽게 쏘아댔다. 나는 체해서 조퇴를 했다고 한 다음, 보건 선생님한테 전화 오지 않았냐고 덧붙였다. 물론 보건 선생님한테 그런 부탁을 하지는 않았다. 이 순간을 모면하기 위해서 꾸며낸 어설픈 거짓말이다. 뜻밖에도 엄마는 놀란 목소리로 아프면 병원에 가야지 뭐하고 있냐고 하면서 어서 집에 오라고 다그쳤다. 나는 자세한 건 나중에 말하겠다고 한숨을 돌린 다음, 작은이모에 대한 이야기를 낮고 빠르게 뱉어냈다.

"뭐? 작은이모가…… 아 참, 오늘 계빈이가 병원에 가는 날이지……. 채영아, 채영아, 알았고…… 옆에 이모 있지? 그럼 바꿔."

작은이모는 전화기를 귀에다 대자마자 다시 눈물 바람을 일으켰다. 이모가 이렇게 눈물 많은 사람이었구나. 그리고 보니 작년 외할아버지의 장례식 때에도 작은이모는 너무 울어서 입관식 도중에 업혀 나갔다. 눈물이 많다는 건 좋을까 나쁠까. 잠깐 그런 궁리를 하는데, 작은이모가 나한테 전화기를 넘겨주었다.

"채영아, 채영아, 채영아……, 엄마가 금방 갈 테니까, 거기 꼭, 꼬옥 있어라. 절대 작은이모가 운전하게 해서는 안 돼. 큰일 나. 알았지……?"

수많은 사람들이 우리 앞으로 지나갔다. 나는 처음으로 사람들 하나하나의 얼굴이랑 몸짓을 자세히 들여다보았다.

"임신했다는 걸 알았을 때부터 붕 떠 있는 기분이었어. 맨날 새 처럼 날아다니는 꿈만 꾸었고, 아기 이름도 새와 관련된 것으로 정해주려고 생각하고 있었어. 몸에 아기가 들어왔다는 것이 느껴 질 때부터 나무랑 풀이랑 새들이 많은 숲에 자주 갔어. 땅속에다 깊이 뿌리 내린 나무와 같은 황홀감을 맛보고 싶었거든. 그러자 내가 나무가 되는 꿈을 꿨어. 내 가지에 수많은 새들이 와서 둥지 를 틀었어. 나는 그런 꿈만 꾸었지, 이런 일이 생기리라고는……. 채영아, 이모는 멀쩡한데 배 속에 있는 아기가 멀쩡하지 않다고 하니까 받아들일 수가 없어."

나는 작은이모의 힘겨운 눈빛을 받아내면서 나름대로 결론을 내렸는데, 지금 이모의 상태로 봐서는 이 세상에서 가장 매운 고 춧가루가 범벅이 된 떡볶이로도 어찌할 수 없다는 사실이다. 지금 이모한테는 매운 음식보다 더 자극적이면서도 더 절대적인 힘을 가진 마법의 약이 필요할지도 모른다.

엄마가 탄 택시는 정확하게 이모의 차 뒤로 다가왔다. 엄마가 운전석으로 들어오고 이모가 뒷자리로 갔다. 내가 뒤로 가려고 하자 이모가 우겨서 좌석 배치가 그렇게 되어버렸다. 집으로 가는 동안 두 사람은 한마디 말이 없었다. 나를 보고는 속은 괜찮냐고 딱 한마디 물었을 뿐이다. 왜 집으로 오지 않고 작은이모한테 갔냐고 캐묻지도 않았다.

나는 집에 가자마자 얼굴부터 찌푸렸다. 내 방이 엉망이었다. 침대 위에다 벗어놓았던 옷들이 방바닥에 떨어져서 뒹굴고 있었다.

"또 쭈글이의 짓이야. 난 못살아!"

나는 일부러 엄마의 귀를 겨냥하고 화난 목소리를 쏘아댔다. 엄마는 한마디도 대꾸하지 않았다. 나는 아래층까지 쿵쿵쿵 울릴 정도로 발을 구르면서 거실을 질러 베란다로 갔다. 벤자민 화분 옆에 쭈글이 집이 있었다. 나를 본 쭈글이가 꼬리를 흔들면서 나왔다.

"너, 정말 이럴 거야! 언니 방에 좀 들어오지 말랬잖아!"

쭈글이는 놀라서 퉁방울눈을 굴리다가 재빠르게 엄마한테 달아났다.

"엄마아, 이것 보라구. 쭈글이가 내 브래지어까지 물어다 놨어. 어젯밤에 찾던 속옷도 여기 있네."

나는 쭈글이 집에서 끄집어낸 브래지어랑 속옷을 증거물로 흔들면서 조금 전보다 더 크게 발을 굴렀다. 엄마는 여전히 무표정이었다. 이런 일은 처음이었다. 그만큼 상황이 심각하다는 뜻이었다.

엄마를 조금이라도 아는 사람들이라면 이계숙이라는 엄마 이름만 들어도 개 냄새가 난다고 코를 문질렀다. 그만큼 개를 좋아했다. 그동안 얼마나 많은 개들이 우리 집을 거쳐 갔는지 헤아릴 수가 없다. 한때는 하도 개들이 많아서 내가 개들이 사는 집에 더부살이하는 기분이 들기도 했었다. 개에 대해서는 외할머니나 아빠도 함부로 말하지 못했다. 그런 엄마를 변화시킨 건 남동생이었다. 초등학교 6학년인 남동생이 작년부터 아토피가 심해지자 엄마는 저 쭈글이만 남겨놓고는 십여 마리의 개를 어디론가 보내버렸다. 너무나도 갑작스런 엄마의 행동에 우리 식구는 숨죽이면서 지켜보았을 뿐. 아빠는 저러다가 우울증이라도 오면 어쩌지 하는 눈빛이었고, 나는 괜히 나한테 화풀이하면 어쩌지 하고 불안해하였고, 눈치 없는 동생만 이제 맘놓고 집 안에서 곤충들을 키울 수 있게 되었다고 폴딱거렸다. 그랬다. 동생은 장수풍뎅이, 사슴벌레 따위의 온갖 딱정벌레를 끼고 살았다. 어쨌든 집에는 못생긴 쭈글이만 남게 되었다. 퍼그 순종이라는 그 녀석을 엄마는 '매력이'라고 불렀고, 아빠는 '뻐그'라고 불렀으며, 동생은 '뻔데기'라고 불렀고, 나는 '쭈글이'라고 불렀다.

"한 번만 내 방에 들어오면 가만 안 둘 거야!"

나는 일부러 쭈글이 옆으로 가서 다시금 발을 구르고 위협을 했다. 평상시에 이랬다가는 거의 쫓겨날 정도로 호통 벼락이 떨어질 것이고, 왜 개한테 위협을 하면 안 되는지에 대해서 최소한

2박 3일 정도는 지겨운 잔소리를 들어야 할 것이다. 우리 집에서 개란 거의 신 같은 존재라고나 할까, 아니면 인간의 관습이나 법이 아니라 개들만의 관습이나 법에 따라서 살아간다고나 할까. 그러니 개가 거실이나 방에다 똥 싸고 오줌 싸고 침대를 물어뜯고 짖어대는 모든 행위가 치외법권에 해당되었고, 우리는 그런 개를 저지하고 처벌할 권리가 없었다. 그게 엄마가 정해놓은 특별법이었다.

내가 방으로 들어가자 엄마의 목소리가 들렸다.

"그래, 의사 선생님이 뭐래? 양수 검사를 다시 한 번 하자고…… 배양 과정에서 문제가 있을 수도 있다는 거지?"

"모르겠어, 무슨 말인지. 언니, 왜 이런 일이 나한테 일어나는 거지?"

"계빈아, 이럴 때일수록 냉정해야 해. 그래, 김 서방은 뭐래?"

"몰라. 이따가 이쪽으로 온다고 했어."

엄마의 휴대전화가 두 사람의 대화를 끊어버렸다. 엄마가 화장실로 들어가는 소리가 들렸다. 내 휴대전화도 울렸다. 친구 민정이다.

"배 아픈 데 어때? 괜찮아?"

"내가 오늘 배가 아팠었나? 아, 그런 거 신경 쓸 겨를이 없다. 지금 우리 집은 비상사태, 폭풍 전야……."

"왜? 또 개 때문이야?"

“아니, 이모가 임신해서 무슨 검사를 받았는데 결과가 안 좋은 것 같애. 자세한 것은 모르지만 졸라 안 좋은 건 분명해. 아주 심각해.”

“임신했다면…… 기형아라는 거야?”

“어어, 살 떨린다. 그런 말 쓰지 마. 아직은 몰라…….”

다시 슬슬 배가 아팠다. 나는 침대에 누워 이불을 뒤집어쓰고 배를 문질렀다. 배를 문지르면 문지를수록 배 속에서 무엇인가 꿈틀거리는 것만 같았다. 임신했을 때의 느낌이 어떨까. 내 몸 안에서 감지되는 다른 생명체의 꿈틀거림, 분명히 내 몸속에 있지만 나하고는 전혀 다른 생명체이지 않은가.

초인종이 울렸다. 작은이모부의 목소리에 나도 모르게 몸을 일으켰다. 바닥에다 벗어놓은 양말이 보이지 않았다. 어느새 쭈글이가 와서 물고 간 모양이다. 나는 이번에야말로 쭈글이한테 당당하게, 공식적으로 선전포고를 할 수 있는 기회라고 판단하고는 거실로 나갔다.

“어, 채영이도 있었네. 채영이는 볼 때마다 예뻐지네. 야아, 엄마 아빠가 채영이 너 때문에 골치 아프겠다. 남자들이 채영이 좋다고 따라다니면…….”

작은이모부가 농담을 해오자 쭈글이를 향한 적개심이 흩어져버렸다. 키도 작지만 얼굴도 작고 피부도 좋아서 이모보다 더 나이가 어려 보이는 작은이모부가 지갑을 열어 용돈까지 내밀자, 눈

앞에서 내 양말을 씹어대고 있는 쭈글이를 보면서도 헤헤헤 웃고
야 말았다. 엄마가 아파트 앞에 있는 마트에 가서 딸기 좀 사 오라
고 심부름을 시켰어도 나는 고분고분했다.

나는 마트에서 딸기를 사가지고 오다가 놀이터 의자에 앉아 있
는 작은이모랑 이모부를 보았다. 놀이터에는 고양이 두 마리만이
어슬렁거리고 있을 뿐 아이들은 없었다. 작은이모가 이모부 어깨
에다 머리를 기대고 있었다.

"오빠, 잠시 누군가 내 생각 줄기를 끊어줬으면 좋겠어. 아무런
생각도 하지 못하게……."

어느새 까만 구름들이 따스했던 한낮의 햇살을 거두어들이고
있었고, 장난꾸러기 바람들만이 작은 종이랑 비닐봉지를 몰고 다
니면서 낄낄대고 있었다.

"계빈아……, 그냥 보이는 것이랑 말해봐. 햇살아, 난 아무렇지
않아. 흙아, 난 아무렇지 않다고. 풀아, 난……."

작은이모부가 나하고 눈이 마주치자 어색하게 웃었다. 작은이
모가 먼저 일어섰다.

"채영아, 미안해. 이모가 떡볶이 사주기로 했는데……."

나는 자꾸만 아기가 놀고 있을 작은이모의 아랫배로 눈길이 갔
다. 작은이모가 내 앞으로 왔다. 나랑 키가 비슷했다. 작은이모도
그걸 느꼈는지, 얘가 언제 이렇게 컸지, 하는 눈빛이었다. 나도 놀
랐다. 내가 이모만큼 자라버렸다니, 믿어지지 않아서 자꾸만 작은

이모의 얼굴을 곁눈질하였다. 우리 뒤에서 작은이모부가 자매 같다고 하였다. 작은이모는 그 말이 듣기 좋다고 흰 이를 드러냈다.

"채영이가 떡볶이 먹고 싶었어? 그럼 당장 먹으면 되지, 왜 다음으로 미뤄."

작은이모부가 뒤에서 우리 두 사람의 팔을 낚아챘다.

초등학교 앞에 있는 떡볶이집으로 갔다. 작은이모는 고춧가루의 농도가 약해서 아쉬움은 있으나 그래도 맛이 절묘하다고 하면서 2인분이나 배 속으로 몰아넣었다. 조금 전까지만 해도 절망에 절어 있던 작은이모의 얼굴이 환하게 바뀌어 있었다. 지금 작은이모는 떡볶이의 맛에 푹 취해 있는 행복한 임산부였다. 작은이모부는 후식으로 아이스크림을 먹자고 했고 이모가 박수를 쳤다. 아이스크림 가게로 자리를 옮기고, 작은이모부가 화장실에 간 사이 이모가 작고 낮게 웅얼거렸다.

"우리 채영이한테 예쁜 동생을 낳아주려고 했는데. 채영이랑 나이 차이가 많이 나서 조카 같은 동생이겠지만, 우리 채영이가 귀여워하는 동생을 낳아주려고 했는데……."

나는 아무런 말도 내놓지 못했다. 나 역시 작은이모가 나한테 잘해준 만큼, 아니 그 이상으로 사촌 동생을 잘 챙겨줄 자신이 있었다. 하지만 지금은 그 말도 할 수 없었다. 어떻게 해서든 위로가 되는 말을 해주고 싶었다. 그건 마음뿐이었다. 나는 처음으로 누군가에게 절실하게 도움이 되는 말을 한다는 게 얼마나 힘든 일인지 알았다. 이건 돈으로도 해결할 수 없었고, 내 노동으로도 해결할 수 없었고, 시간으로도 해결할 수 없었고, 내 웃음으로도 해결할 수 없었다.

엄마한테 전화가 왔다. 나는 집 근처에서 작은이모랑 아이스크림을 먹고 있다고 했다. 엄마는 큰이모가 왔다면서 어서 들어오라고 하였다. 작은이모는 눈을 감으면서 도리질하였다.

"가기 싫어. 큰언니 보면…… 아, 이러저러한 잔소리 늘어놓을 것이고……. 오빠, 그냥 집에 가자. 큰언니까지 만나면 머리만 더 아플 것 같애."

"계빈아, 너 편한 대로 해. 내가 처형들한테 전화할게."

나 역시 작은이모의 판단이 옳다고 암묵적으로 지지를 보냈다.

작은이모는 심하게 흔들리고 있었다. 아이스크림 가게를 나오자마자 작은이모부를 보고는 다시 도리질을 하였다.

"아니야, 아니야, 아니야……. 오빠, 잠깐 들렀다 가자. 내가 지금 피한다고 언니들이 가만 놔두겠어? 전화해대고 집으로 찾아와서 난리 치겠지."

작은이모부랑 나는 아무런 대꾸도 하지 않았다.

큰이모는 나를 보자마자, 너 야간 자율 학습을 하지 않고 왔냐고 물었다. 내가 말하려고 하자 뒤에서 엄마가 배탈이 나서 일찍 왔다고 대신 대답해주었다. 큰이모는 한번 배탈이 나기 시작하면 자주 고장이 나니까 각별히 신경 쓰라고 하였다.

큰이모는 사남매 중에서 가장 키가 작다. 150센티미터도 되지 않으니까 아주 작은 편이다. 나하고 마주 서면 큰이모의 눈이 내 턱 밑에 가 있다. 그래도 큰이모는 멋쟁이다. 당신만의 독특한 옷차림을 하고서 당당하게 걸어다닌다. 그게 큰이모의 매력이다. 단점이라면 목소리가 너무 크다는 사실이다. 엄마네 형제들이 모이면 큰이모의 목소리밖에 들리지 않는다. 엄마보다 두 살 어린 외삼촌은 그런 큰이모를 독재자라고 하면서 싫어한다. 엄마는 그냥 언니니까 인정을 해주는 편이지만, 큰이모의 잔소리가 길어지면 슬그머니 일어나버린다. 큰이모의 잔소리를 싫어하지 않는 사람은 작은이모뿐이다. 이상하게도 작은이모는 큰이모가 아무리 잔소리를 하여도 다 받아낸다. 엄마는 작은이모랑 큰이모의 나이 차이가 많이 나서 그런 거라고 하였다.

아빠까지 일찍 퇴근을 하자 집 안이 북새통이었다. 학원에서 돌아온 동생은 갑자기 모여든 친척들 앞에서 어리벙벙한 표정을 짓고는 나한테 무슨 일이 있냐고 슬쩍 물었다. 큰이모는 나랑 동생을 각자의 방으로 물리친 다음 본론을 끄집어냈다. 그렇다고 해서 어른들 말이 들리지 않는 게 아니었다. 처음에야 동생이랑 나를 의식하고 다들 낮은 목소리로 시작하였으나 이내 어른들의 목소리는 달아올랐고, 방문을 꼭 닫고 이불을 뒤집어쓰고 있어도 고막까지 맹렬하게 달려들었다.

"아까 엄마한테 전화가 왔는데…… 이 노인네가 난리다. 칠순도 안 하시겠다고 난리다, 난리! 노인네들이 귀가 얇잖아. 어디서 자폐증도 가족력이라는 말을 들은 모양이야. 당신은 또 해정이 같은 아기가 태어날까 봐 불안하다는 거야. 아이고오……."

내가 화장실에 가려고 문을 열자, 개구리들이 와글와글 어절씨구나 떵가떵가 봄 축제를 벌이던 무논에 돌멩이 하나가 뚝 떨어진 것처럼 조용해졌다. 내가 다시 방으로 들어오자 어른들이 입을 열었다. 엄마가 와글와글, 작은이모가 개굴개굴, 큰이모가 깨깨굴 깨깨굴, 작은이모부가 깨구락깨구락, 개굴개굴, 깨굴깨굴, 굴깨굴 깨…….

나도 그 자리에 끼고 싶었다. 분명히 나하고도 관련이 있다. 작은이모의 아이라면 해정이처럼 나하고 사촌지간인데, 할머니 말씀처럼 사촌이라면 한피를 나눈 사이인데, 정말 몰라야 할까. 나도 알고 싶다. 나도 어른들이랑 같이 고민하고 싶다. 왜 안 되는가. 왜 우리는 맨날 수학 문제하고만 실랑이하고, 살아가는 데 아무런 필요도 없는 것들만 외우고, 풀고, 낑낑대고 그래야 하는가.

"자자, 목소리 낮추고…… 이제 정리할게. 엄마 칠순은 그대로 하는 거야. 더 이상 이러쿵저러쿵 말이 안 나오도록 해. 그리고 계빈아! 단순하게 생각하자……."

큰이모는 작은이모의 나이가 이제 서른여섯이니까 충분히 아기를 다시 가질 수 있다고 하면서, 그나마 이렇게 미리 알 수 있는 게 다행이라고 했다. 해정이라는 이름이 또 흘러나왔다. 외숙모가 이런 검사를 받았더라면 미리서 대처할 수 있었을 거라고 하였다. 지금은 의학 기술이 발전해서 자폐증도 미리서 알아낼 수 있다고 하였다. 엄마가 큰이모의 말을 반박하였다. 자폐증은 양수 검사를 해도 알 수 없다고 들었다면서, 그런 말을 하지 말고 더 이상 해정이 이야기를 끄집어내지도 말자고 하였다. 큰이모는 물러서지 않았다. 큰이모가 잘 아는 의사한테 들었다고 하면서, 양수 검사랑 다른 몇몇 검사를 하면 자폐증뿐만 아니라 다른 정신 질환도 미리 알 수 있다고 목소리를 높였다. 엄마도 잘 아는 의사한테 들었다고 하면서, 그런 소문이 있기는 하지만 자폐증이랑 정신 질환은 현대 의학으로도 미리 알아낼 수 없다고 받아쳤다. 큰이모는 엄마랑 말싸움하려고 하는 게 아니라고 한발 물러선 다음, 만약 외숙모가 기형아 검사를 해서 이상이 나타났다면 당신이 무슨 수를 써서라도 막았을 것이라고 기침 섞인 목소리로 매듭을 지었다. 결국 해정이는 이 세상에 태어나지 말았어야 한다는 뜻이었다. 내 귀에는 그렇게 들렸다.

머릿속에서 해정이라는 이름이 소용돌이쳤다. 요즘 아이들이 좋아하는 신세대 가수들 노래는 하나도 모르고 속칭 성인 가요라고 하는 트로트만 입에다 담고 다니는 아이, 한 끼만 삼겹살을 먹어도 볼살이 통통해지는 나하고는 달리 날마다 통닭을 먹어도 살이 찌지 않는 아이, 머릿속에다 이야기를 많이 담고 있지는 않으나 누군가에게 이야기 들려주는 걸 좋아하는 아이, 하여 먼 훗날 유치원생들을 가르치고 싶어 하는 웃음이 헤픈 아이. 나는 초등학교 3학년 때까지 해정이가 친구들하고 다르다는 사실을 몰랐다. 4학년 봄이 되고 나서야 좋아하는 노래가 너무 다르다는 사실을 알았고, 우연히 해정이 책상 속에 있는 장애인 수첩을 보고서야 그 비밀을 알았다.

엄마는 내 말을 듣자마자 손을 꼭 잡았다. 보통 때하고 달랐다. 다른 사람들 앞에다 쉽게 내놓을 수 없는 속엣말이라도 끄집어내려는지 깊은 눈빛으로 나를 오래오래 바라보았다.

"채영아…… 이제 알았구나. 엄마는, 그동안 몇 번이나 해정이 언니에 대해서 말해주려다가 참았어. 기다렸어, 오늘이 오기를. 그러면서도 더 늦게 오기를 바랐어. 맞아. 해정이 언니는 장애 2급 판정을 받은 장애인이야. 자세한 건 나중에, 네가 커가면서 자연스럽게 알게 될 것이고, 엄마의 부탁은 딱 하나, 네가 해정이 언니한테 좋은 친구가 되어주었으면 좋겠어. 사촌 언니이지만 그런 건 중요하지 않고, 너랑 나이도 동갑이고 그러니까…… . 알았지?"

나는 꼭 그래야 한다고 나한테 최면을 걸듯이 고개를 끄덕여주었다. 그때부터 해정이한테 잘해 주려고 애를 쓰면 쓸수록 내 생각이 자꾸만 굳어졌다. 오히려 장애인이라는 사실을 몰랐을 때가 좋았다. 몰랐을 때는 과자 하나라도 절대 양보하지 않았으며, 조금이라도 서운하게 대하면 참지 않았고, 때로는 심하게 욕을 하면서 싸우기도 하였고, 한 달 이상 전화를 하지 않을 때도 있었고,

해정이가 예쁜 옷을 입고 있으면 괜히 샘이 나기도 했고, 어떤 상황에서도 해정이한테 지려고 하지 않았다. 그럴 때가 더 좋았다. 해정이를 배려해야만 한다는 생각이 앞서자, 그때부터는 아무리 해정이가 심술궂게 해도 화를 내지 않았고, 당연히 싸울 일도 없었다. 우리는 만나도 활력이 없었다. 항상 해정이가 수다를 떨고 나는 일정 시간을 땜질하는 기분으로 수다를 받아주는 게 고작이었다. 그렇게 되어 버렸다. 그게 옳은지 어쩐지 고민해볼 틈도 없었다. 엄마가 바라는 게 어떤 것인지 진지하게 고민해볼 틈도 없었다. 그러다가 고등학생이 되자 아예 얼굴을 볼 수가 없었다. 일반 중학교를 나온 해정이는 더 이상 일반적인 길을 가지 못하고 장애인들을 가르치는 특수학교 쪽으로 발길을 돌렸으며, 그래서 전화를 해도 더욱 할 말이 줄어들었다.

그런 해정이의 모든 것이 머릿속에서 바글바글 끓었다. 오늘만큼 해정이라는 이름이 어른들 입에서 많이 튀어나온 적도 없다. 갑자기 해정이가 보고 싶어졌고, 크게 소리쳐 불러보고 싶다. 놀이기구라도 같이 타면서 목 터지도록 불러보고 싶은 충동이 울컥, 뜨겁게, 미안하게, 아프게, 치밀어 올랐다.

작은이모를 닮은 하얀 피부, 숱 짙은 눈썹, 외삼촌을 닮은 팔자걸음, 170센티미터가 넘는 호리호리한 키, 기획사에 가서 오디션을 받아도 될 정도로 유창하게 부르는 트로트풍의 노래들. 해정이는 이 세상에 태어나지 말았어야 하나? 그렇다면 장애를 안고 태어난 이 세상 모든 장애인들도 태어나지 말았어야 하나? 그들은 다 불행할까? 내가 생각하기에도 해정이는 불쌍하다. 불행하다. 그렇다면 해정이도 그렇게 생각할까? 지금 거실에서 어른들은 해정이가 불행하다고 말하고 있다. 해정이로 인해서 외삼촌네 가족 모두가 불행이라고. 만약 해정이가 이 세상에 나오지 못했다면, 만약 그랬다면…… 그게 해정이한테 더 나았을까?

나는 고개를 흔들고, 숨을 멈추고, 귀까지 막았다. 큰이모의 목소리는 더욱 날카롭게 고막을 파고들었다. 요즘 낙태는 아무것도 아니라면서, 요즘 여자들 중에서 낙태 한 번 하지 않는 여자가 어디 있냐면서, 외할머니 칠순 잔치를 하고 다음 주에 정리를 하자고. 나는 더욱 귀를 틀어막았다. 휴지를 찢어서 귀에다 밀어 넣고 손가락으로 막았다. 그래도 소용이 없었다. 큰이모랑 엄마의 목소리가 날카롭게 부딪혔다. 한참 뒤에 작은이모부가 뭐라고 했고, 아빠가 뒤를 이었다. 다시 큰이모의 목소리가 나를 흔들었다. 아무리 귀를 막아도 그들의 목소리를 막을 수는 없었다.

나는 MP3 이어폰을 두 귀에 꽂았다. 그제야 고막이 편안해졌다. 이제야 알았다. 소리는 아무리 막아도 막을 수 없다는 사실을, 소리는 소리가 막아낸다는 사실을.

누군가 문을 열고 들어온 줄도 몰랐다. 누군가 내 옆으로 쓰러졌다. 화들짝 놀라서 이불을 걷어 보니까 작은이모가 앞으로 엎어져 있었다. 내가 불러도 고개를 들지 못했다. 대신 손가락만 꼼지락거렸다. 잠을 방해해서 미안하다고, 이모가 너무 힘들어서 잠깐 쉬러 왔다고. 나도 모르게 그런 이모의 손을 잡았다. 이모의 손이 떨리고 있었다. 이모는 그걸 굳이 감추려고 하지 않았다. 아니, 그런 떨림을 감출 만한 힘이 없어 보였다. 나는 이모한테, 가슴속 저 깊은 속에 있는…… 작은이모 힘내, 하는 말을 퍼 올려서 속삭여 주고 싶었다. 끝내 그 말을 속삭여주지는 못했지만 잡은 손을 놓지는 않았다. 졸음이 왔다.

눈을 떠보니 혼자 자고 있었다. 아침이었다. 밖에 나가니까 엄마가 부엌에서 달그락거리고 있었다. 한 아기의 생을 걸고 열띤 토론을 하던 어른들의 목소리는 어디론가 다 사라지고 없었다. 모든 게 꿈만 같았다.

학교에 가자마자 해정이한테 전화가 왔다. 언제나 그랬듯이 받을까 말까 고민하다가 받았다. 해정이는 다른 날하고 목소리가 달랐다. 흥분이 되어 있었고 화가 나 있었다.

"채영아, 해정이 언니야. 언니 속상해 죽겠어. 어젯밤에 아빠가 술 드시고 할머니랑 고모들이랑 통화하고 나서 엄마랑 싸웠어. 엄마가 많이 울었어. 언니가 속상해서 엄마 아빠 왜 싸워, 하니까 아빠가 그냥 집을 나가 버렸어. 속상해 죽겠어. 언니는 싸우는 게 제일 싫어……."

나는 외삼촌 내외가 왜 싸웠는지 감을 잡을 수 있었고, 해정이가 하고 싶은 말을 다 풀어놓을 때까지 기다려 주었다가 전화를 끊었다.

민정이가 무슨 전화냐고 물었다. 나는 주위를 두리번거리다가 입을 열었다.

"민정아, 너는 장애인에 대해서 어떻게 생각하니?"

유독 눈이 큰 민정이는 눈을 크게 뜨면서 "웬 장애인?" 하고 나를 내려다보았다.

"그냥…… 그런 생각이 들어서. 장애인들은 모두 다 불행할까? 만약, 만약에 말야, 임신했을 때 뱃속에 있는 아기한테 장애가 있다는 걸 알았다면, 그 아이를 태어나지 못하게 하는 게 옳을까, 아니면 태어나게 해야 할까? 태어나서 불행하게 살 바에는 태어나지 못하게 해야 하는 걸까?"

민정이는 내 말에는 대답을 하지 않았고, 한참을 있다가 아침부터 왜 심각한 이야기를 하냐고 눈을 흘겼다. 나는 해정이 이야기를 언급하였다.

"사촌이고 자폐아야. 아주 심하지는 않아. 말도 잘하고, 몸도 건강하고……. 다만 생각하는 게 초등학교 저학년 정도에 머물러 있어. 그 이상은 발전을 안 해. 그러니까 혼자 사회생활을 할 수 있을 것도 같고 아닌 것도 같고……. 하여간 갑자기 그런 생각이 들어서……."

민정이는 턱을 괴더니, 자기 주위에는 그런 경우가 없어서 깊은 고민은 해보지 않았다고 하면서도 경우에 따라서 다르지 않겠냐고 말했다.

"부모들 입장에서는 장애를 가진 아이가 태어나지 않기를 바라겠지. 하지만 당사자는 태어나고 싶어하지 않겠어? 그게 본능인데……. 난 그렇게 생각해. 그리고 장애를 가지고 태어난 사람들이 불행할까, 행복할까…… 우리 이런 문제 가지고 중학교 때 한 번 토론한 것 같은데……. 아, 모르겠어. 내 생각이랑 당사자들의 생각이 많이 다를 테니까……."

민정이는 더 이상 자신의 의견을 드러내지 않았다.

나는 종일 해정이라는 이름을 책갈피에다 끍적거리면서 힘겹게 버티어냈다. 어제도 조퇴를 했기 때문에 더 이상 엄살을 부릴 수도 없었다. 사실 몸 상태가 어제보다 더 힘들었다. 그래도 내색하지 않았다. 무너지기 싫었고, 어쩌면 고3까지 가는 동안, 아니 어른이 되어 살아가면서 이보다 더 안 좋은 상황이 많아질 것이라고 생각하였고, 지금부터라도 힘들고 안 좋은 상황에서 버티어내는 연습을 하자고 나를 달래고 또 달랬다. 그렇게 야간 자율 학습까지 보내고 왔다. 다행이라면, 다른 날보다 야간 자율 학습이 한 시간이나 빨리 끝났다는 점이다.

집에는 아무도 없었다. 근처 식당에서 작은이모네 식구들이랑 밥을 먹고 있으니까 일찍 끝나면 그쪽으로 오라는 엄마의 문자 메시지가 와 있었다.

나는 화장실에서 나오다가 이상한 소리를 들었다. 누군가의 신음 소리 같았다. 나는 고개를 갸우뚱하면서 내 방으로 들어가다가 다시 그런 소리를 들었다. 조금 전보다 울림이 컸다.

"끄으어— 끄으웅—."

나는 소리가 나는 쪽으로 움직이고 있었다. 베란다로 나갔다. 아무런 소리도 들리지 않았다. 돌아서려고 하는데 "끙!" 하고 큰 해머로 무엇인가를 내리칠 때나 내뱉음직한 큰 신음 소리가 나를 흔들었다. 나는 뒤를 돌아다보다가 쭈글이하고 마주쳤다. 나하고 마주친 쭈글이가 잠시 꼬리를 흔들더니 다시 신음 소리를 토해내고 있었다.

"야, 왜 그래?"

고개를 숙였다가 "어억!" 하고는 뒤로 물러났다.

"뭐야, 뭐야, 새끼를 낳고 있네. 허걱, 이를 어쩌지……."

나는 당황해서 한 걸음 더 물러났다. 단축키 1번을 눌렀다. 액정에 '엄마'라는 글자가 떴다. 엄마는 전화를 받지 않았다. 작은이모한테도 전화를 걸었다. 역시 받지 않았다.

별일 없을 거라고 나를 달래면서 한 걸음 뒤로 물러나는 찰나, 쭈글이는 조금 전보다 더 크게 신음 소리를 뱉어냈다. 이번에는 비명 소리에 가까웠다. 꼬리 밑에서 빨간 핏덩이가 나오려다가 쏙 들어가버렸다. 언제 훔쳐 왔는지 모르겠지만 쭈글이는 내 속옷에 떨어진 피를 손수건 같은 혀로 핥다가 다시 뒷다리에다 힘을 주고는 신음 소리를 뱉어냈다. 빨간 핏덩이가 반쯤 나오는가 싶더니

더 이상 나오지 않았고, 쭈글이는 약간 헐떡거리면서 힘을 주었
다. 새끼는 좀처럼 자궁문을 빠져나오지 못했다. 나는 다시 엄마
한테 전화를 하였다. 받지 않았다.

"제발, 제발, 제발…… 쭈글아, 언니가 언니 옷 다 가져가도 용
서해줄 테니까 제발, 제발, 제발……. 하필 이럴 때 새끼를 낳아
서…… 이거 미치겠네. 엄마는 왜 전화를 안 받는 거야. 쭈글아,
제발, 제발, 제발……."

나도 모르게 기도를 하였다. 쭈글이는 나하고 눈이 마주치자
더 크게 신음 소리를 뱉어냈는데, 이럴 때는 개하고 말이 통하면
얼마나 좋을까 하는 생각이 간절해졌으며, 돕고 싶어도 아무것도
할 수 없는 나 자신이 허깨비 같았다. 나는 손이 있고 발이 있고
눈이랑 귀는 물론 생각하는 뇌를 가졌는데도, 개보다 진화한 인간
이라고 하는데도 전혀 쭈글이를 도울 수가 없다니. 손이라도 잡
아주고 싶은데, 손이 아니라 발이라도 상관없는데, 나는 그러지도
못했다. 쭈글이는 내가 천 번이나 만 번쯤 발을 구르자 새끼가 어
미하고 분리되었다. 기적 같았다. 내 손바닥보다 작은 덩어리가
꼼지락거렸다. 쭈글이는 뜨거운 혀로 그 살덩이를 핥아주다가 다
시 신음 소리를 씹어내기 시작했다. 둘째를 세상으로 내보내고 있
었다.

엄마도 나를 저렇게 낳았을까? 나도 나중에 저렇게 아기를 낳
을까? 무서우면서도 신비로웠고, 신비로우면서도 두려웠고, 두려

우면서도 황홀했으며, 열이 나면서도 너무 아플 것 같았고…….
둘째와 셋째는 어렵지 않게 자궁문을 통과했다. 새끼들의 꼼지락
거림이 자꾸만 나를 흥분시켰다. 만지고 싶었다. 느끼고 싶었다.
확인하고 싶었다. 나는 손을 쭉 뻗다가 새끼들 배에 달려 있는 탯
줄을 보았다. 개도 탯줄을 달고 나온다는 말을 들어본 적이 없었
다. 그때부터 나는 다시 허둥대기 시작했다. 엄마한테 전화를 하
였다.

"제발, 제발, 제발…… 엄마, 받아줘. 쭈글이가 새끼를 낳았는
데…… 어쩌지, 어쩌지? 탯줄을 잘라줘야 하나? 이러다 다 죽는
거 아냐? 아, 미치고 팔딱 뛰겠네. 왜 안 받는 거야!"

나는 베란다에서 왔다 갔다 하다가 해정이를 떠올렸다. 왜 그
순간에 해정이의 얼굴이 달덩이만큼이나 크게 떠올랐는지 모르
겠다. 어쩌면 해정이가 잘 알지도 모른다는 생각이 들었다. 아마
평상시였다면 나 스스로 말도 안 된다고 웃어버렸을 것이다. 나는
빛의 속도로 해정이 전화번호를 찾아서 눌렀다. 해정이한테 처음
걸어보는 전화였다. 지금까지 나는 늘 해정이의 전화를 받기만 하
였다.

해정이가 이내 내 목소리를 알아챘다. 해정이는 오늘 아침에
전화했을 때하고 똑같은 말을 되풀이하였다.

"채영아, 언니 속상해 죽겠어. 엄마랑 아빠랑 싸웠어. 어젯밤에
아빠가 술 드시고……."

나는 숨을 한 번 크게 내쉰 다음 "언니이!" 하고 단호하게 말했다. 해정이가 주춤했다. 그 틈을 놓치지 않았다. 나는 지금 쭈글이가 새끼를 낳고 있다고 했다. 처음에는 제대로 말귀를 못 알아들었는지 "우리 강아지 보고 싶다고?" 하고 엉뚱하게 물어 와서, 나도 모르게 입에다 힘을 주면서 "우리 쭈글이가 새끼를 낳고 있다고오, 이 바보야!" 하고 소리쳤다. 해정이가 조용해졌다.

"우리 쭈글이가 새끼를 낳고 있다고. 알아들었어?"

"채영아, 우리 고수도 새끼 낳았어. 언니가 다 봤어."

"와아, 진짜? 언니, 그럼 탯줄도 언니가 잘라줬어? 탯줄 잘라줘야 해?"

"몰라, 몰라, 몰라. 그냥 내비 둬."

"진짜 그냥 내비 두면 돼?"

"몰라, 몰라, 몰라. 고수가 다 알아서 했어……."

사랑니

병원이 가까워질수록 치통의 정도는 심해지고 있었다. 사랑니란 놈, 입안은 물론이요, 머리와 배, 발끝까지 압박하면서 총공격을 하였다. 내 몸속에는 치통하고 맞설 수 있는 세포가 하나도 없는 게 분명하다. 그렇지 않고서야 이렇게 속수무책으로 당할 리가 없으리라. 하도 턱이 아파서, 하도 어지러워서, 하도 귀가 멍멍하여 나도 모르게 가로수에 등을 기대고 숨을 골랐다. 이제 진통제도 힘을 잃어버렸다. 한꺼번에 두 알 심지어 세 알씩이나 투입하는 무리수를 두어도 치통을 진압하기는커녕 내 머리만 아프게 하거나 속만 쓰리게 하였다. 정말 지긋지긋하다. 하도 아파서 눈알이 튕겨나가도 모를 지경이다.

사랑니가 한번 꿈틀거리기 시작하면 어찌나 입안이 얼얼하던지 친구들에게서 걸려 오는 전화도 받을 수 없었다. 귀가 멍해지면서 소리가 들리지 않았다. 그 고요함이 두려웠다. 사랑니가 원망스러웠다. 우리 학년을 다 뒤져봐도 사랑니 때문에 힘들어하는 아이는 나밖에 없다.

내가 그렇게 쭉 뻗어 있으면 그제야 할머니가 나와서, 느이 아부지도 열일곱 살 때부터 사랑니가 야단이었는데, 어쩌면 그리 쏙 빼닮았냐고 한숨 섞인 타령을 늘어놓았다. 나는 눈을 감아 버렸다. 내가 감당할 수 없는 치통을 징그럽다고 표현하였다.

—어이구우, 징그럽다는 뜻을 일찍 알았으니까 빨리 철들겠구나. 이놈아, 살다 보면 이보다 더한 고통이 무시로 찾아올 테니까 그냥 연습이라고 생각허구 참어라. 살아 있는 것 자체가, 살아가는 것 자체가 고통여.

잔소리꾼 할머니도 석 달 전에 폐렴으로 돌아가셨다. 큰고모랑 작은고모는 나랑 동생을 부여잡고 통곡하면서 집을 나가서 돌아오지 않는 엄마한테 저주를 퍼부었으며, 어지간하면 자신들이 우리를 맡아야 하지만 그러지 못하는 처지를 한탄하면서 더욱 서럽고 위태롭게 울음을 쥐어짰다. 나는 그런 고모들한테 걱정하지 마시라고 위로하였다. 빈말이 아니었다. 나는 별로 걱정이 되지 않았다. 이미 오래전부터 나는 어른들의 손길에서 비켜나 있었다. 그것 때문에 외로웠으나 때로는 편하기도 하였다. 물론 우리를 부양해주는 어른들이 없기 때문에 당장 대학 문에 들어설 때부터 엄청난 어려움이 따를 거라는 사실을 잘 알고 있었다. 그래도 절대 대학을 포기하지는 않았다. 나는 공부만이 유일한 탈출구라는 사실을 알았고 두 살 어린 동생한테도 늘 공부를 강조하였다. 내가 그 말을 끄집어냈을 때 동생은 나보다 더 속이 든 척하였다.

— 형, 걱정하지 마. 난 장학금 주는 대학에 가거나, 그게 안 되면 1년은 알바하고 1년은 학교 다니고 그렇게 할 거야. 난 절대 형한테 의지하지 않을 거야.

우리는 할머니의 죽음을 담담하게 받아들였다. 동생도 할머니가 살아계신다고 한들, 날마다 고물이나 폐지를 모은다고 한들, 그것이 우리한테 별 도움이 되지 못한다는 사실을 잘 알고 있었다. 오히려 할머니가 더 고생하시지 않고 돌아가신 게 잘됐다고 결론을 지었다. 그러니까 우리 두 형제는 아무렇지도 않았는데, 우리의 유일한 핏줄인 두 고모들만이 세상이 무너지기라도 한 양 아이고 아이고 눈물 바람을 하였다. 나는 그때도 사랑니만 없으면 살겠다고 얼마나 중얼거렸는지 모른다. 조문 온 사람들하고 맞절할 때마다 사랑니란 놈이 아프게 하여서 나도 모르게 인상을 찌푸렸고, 그때마다 사람들은 나한테 너무 슬퍼하지 말라고 손을 꼭 잡아주었다. 대체 어떻게 생긴 놈인지 그 꼬락서니라도 보려고 해도 윗잇몸 가장 구석진 곳에 숨어 있으니 볼 수도 없었다. 녀석은 종시 자신의 모습을 드러내지 않은 채 게릴라처럼 아무런 예고도 없이 시간과 장소를 가리지 않고 나를 공격하였다. 미치고 환장할

노릇이었다. 그나마 진통제를 투입하면 잠시 순해져서 약을 호주머니 속에다 상비하고 다녔거늘, 이젠 그것도 무용지물이니.

사랑니란 놈은 풀잎이 생일날 기습적으로 자신의 존재를 드러냈다. 풀잎이는 자기 생일날 나를 부모님에게 소개하겠다고 하였다. 가슴이 답답했다. 내가 풀잎이를 얼마나 좋아하고 있는지……. 하지만 누군가 너 정말 풀잎이를 좋아하니, 묻는다면 자신 있게 그렇다고 대답할 수 있을까. 나에게 풀잎이는 어떤 존재일까. 초등학교 4학년 때 한반이었던 풀잎이를…… 그래, 아마도 남자아이들 중에서 풀잎이를 싫어한 아이는 한 명도 없었을 것이다. 그만큼 풀잎이는 돋보였다. 단순히 공부 잘하고 예쁜 게 아니라 아이들을 끌어들이는 신비로운 눈빛과 착한 품성까지 갖추고 있었다. 초등학교를 졸업할 때까지 나는 풀잎이한테 제대로 말 한마디 걸어볼 수 없었다. 그저 멀리서 바라보기만 해도 기분이 좋은 사람이었다. 나는 풀잎이를 좋아했지만 친구가 되고 싶다는 욕심을 가져본 적이 없다.

지금으로부터 2년 전, 그러니까 중학교 3학년 봄이었다. 내가 알바를 하고 있는 편의점으로 풀잎이가 들어왔다. 풀잎이는 나를 알아보고 당황하면서 나가 버렸다. 대체 뭘 사러 왔는지는 모른다. 나는 알바를 마치고 집으로 가다가 지하철역 근처에 있는 작은 공원에 앉아 있는 풀잎이를 보았다. 나는 한참을 망설이다가 용기를 내어 다가가서, 풀잎아— 하고 불렀다. 풀잎이는 놀라면서 나를 보더니 얼른 손으로 눈을 문지르고는 혹시 담배 있냐고 물었다. 당황스러운 일이었다. 나는 어디에서 청소년에게 담배를 파는지 잘 알고 있었기에 쉽게 담배를 구해다 주었다. 풀잎이는 고맙다고 하면서 담배를 피웠으나 계속 캑캑거렸다. 초짜임을 알 수 있었다. 그래도 풀잎이는 꾸역꾸역 담배 연기를 마시고 캑캑거리고 그러다가 마구 토해내고는 미안하다고 하면서 가버렸다. 그로부터 한 달 뒤에 풀잎이한테 연락이 왔다.

—진우야, 그때 참 고마웠어. 내일 저녁에 시간 나면 보자. 맛있는 거 사 줄게.

풀잎이 부모님은 일식집에서 우리를 기다렸다. 그분들은 나를 따뜻하게 맞아주었다. 풀잎이 어머니가 내년이면 고등학생이 되니까 공부에 조금만 더 신경을 써달라는 말을 짧게 하였을 뿐, 특별하게 내 얼굴을 보고 질문 하나 던지지 않았다. 그런데도 내 몸이 투명해지는 느낌을 받았으며 왼쪽 턱이 쑤시기 시작했다. 그런 일이 처음이라서 당황하였고, 나도 모르게 얼굴이 찌푸려지는 걸 참다가 화장실에 가서 거울을 보아도 턱이 아픈 이유를 알 수가 없었다. 나는 풀잎이 부모님에게 솔직하게 말하고 가야겠다고 생각하고 자리로 돌아오다가 그분들이 하는 이야기를 들었다.

—부모 없는 아이치고는 참 건강하고 얼굴도 굳어 보이고 눈빛도 씩씩하구나.

─그래도 현실은 현실이지요.

─맞아. 그래서 하는 말이야. 풀잎아, 적당히 사귀다가 잘 정리해라. 알았지?

그 말이 뇌를 자극하는 순간 더욱 턱이 아파왔고 하마터면 비명을 지를 뻔했다. 나는 가까스로 참아내면서 턱을 잡고 그분들에게 가봐야겠다고 하였다. 풀잎이가 당황했다. 나는 몸이 안 좋다고 했다. 갑자기 턱이 아프다고 했다. 풀잎이 아버지가 내 손을 잡아끌더니 입을 벌리라고 하였다.

─가만있어 봐라. 내가 치과 의사다. 사랑니가 나고 있구나. 지금 막 잇몸을 뚫고 나오려고 해서 아픈 모양이다. 이때가 가장 아파. 마침 나한테 진통제가 있으니 아프면 진통제 먹고 참아라. 지금은 병원에 가도 빼기가 쉽지 않아. 물론 잇몸을 찢고 사랑니를 뺄 수는 있지만, 그렇게 하려면 큰 병원으로 가야 하고…….

풀잎이 아버지가 가방 속에서 초록색 알약 두 개를 꺼내 주었다. 그제야 나는 턱을 아프게 하는 놈의 정체를 파악했다. 다른 이는 잇몸을 뚫고 나와도 아프게 하지 않는데 사랑니는 왜 아프게 하냐고 묻고 싶은 걸 꾹 참았다. 더 이상 풀잎이 아버지랑 말을 하기 싫었다. 그는 내 자존심을 건드렸다. 솔직하지 못한 그가 싫었다. 왜 내 앞에서 당당하게 말을 할 것이지 내 뒤에서 나에 대한 말을 하는 겁니까, 하고 따지고 싶었다. 어른이란 참 비겁하다. 나는 어른이 되어도 절대 비겁하게 살지는 않을 거다. 나는 진통제도 받고 싶지 않았으나 순간적으로 정신을 잃을 만큼 엄청나게 아파서 얼른 받고야 말았다. 비명을 지르면서 주저앉을 뻔했다. 눈물이 흘렀다. 창피했다. 저런 어른들 앞에서 눈물을 보이다니. 그때 풀잎이가 물을 주었다. 진통제를 목구멍으로 밀어 넣었다.

—많이 아픈 모양이구나. 사랑니는 누구나 나는데, 너보다 더 어려서도 나고 환갑이 지나서도 나온단다. 옛말에 죽은 송장도 사랑니가 난다는 말이 있다. 그렇다고 사랑니를 꼭 빼야 하는 건 아니야. 어느 정도 치통은 다 있지만 참을 만하면 빼지 않고 평생 친구처럼 살 수도 있어. 사랑니 옆에 있는 어금니가 충치가 생겨 빼게 되면, 그 사랑니에다 새로운 치아를 걸어서 쓰기도 해.

집에 오자마자 거울 앞에 서서 입을 벌리고 사랑니를 찾으려고 애를 썼다. 손으로 문질러보아도 잡히지 않았다. 잠을 자려고 눕자 다시 아프기 시작했다. 어찌나 아프던지 방에서 마구 굴러다녔다. 통증이 가라앉자 다시 거울을 보고 입을 벌렸다. 하얀 이들이 가지런히 설거지되어 있는 잇몸에 그런 놈이 숨어 있으리라고는 상상도 하지 못했다. 아무리 사랑니가 내 몸의 일부라고 해도 좋은 감정을 가질 수는 없었다. 왜 하필이면 그때 나타나서 나를 곤욕스럽게 하였는지 따지고 싶었다. 아버지 장례식장에서도 보이지 않았던 눈물이 쏟아져버리자, 손에 잡히기만 하면 잡아서 팽개치고 싶을 정도로 화가 났다.

나는 더 이상 풀잎이를 만날 수가 없었다. 조용히 내 전화번호를 지워주기를 바랐다. 보름쯤 지났을까. 풀잎이는 우리 집으로 통하는 골목 어귀에서 나를 기다리고 있었다. 풀잎이는 왜 자기를 피하는지에 대해서 말을 해달라고 하였다.

─내가 뭘 잘못했니? 솔직하게 말해 줘.

나는 한참을 망설이다가 생일날 풀잎이 부모님이 했던 말을 다 들었다고 하였다. 그제야 풀잎이는 환해졌다.

─부모님이 내 삶을 살아 주는 건 아니야. 내가 싫다고 하면 받아들이겠지만 부모님 때문이라면 그건 받아들일 수 없어.

풀잎이는 내 눈을 똑바로 보았다. 나는 그런 풀잎이의 눈빛을 받아들였다.

어쨌든 사랑니란 놈은 끊임없이 나를 괴롭혔다. 학교에서 시험을 치를 때에도, 풀잎이랑 영화를 볼 때에도, 너무도 피곤해서 푹 잠을 자고 싶을 때에도 나를 봐주지 않았다. 내가 대응할 수 있는 방법은 거의 없었다. 사랑니는 좀처럼 제 모습을 드러내지도 않았다. 손가락을 쭉 뻗어서 만져보면 뾰족하면서 미끌거리고 돌부리처럼 단단함이 느껴지는 녀석의 얼굴이 살짝 느껴졌을 뿐이다. 대신 사랑니의 뿌리는 나날이 깊어지고 강해지고 집요해졌다. 그러니 대체 어쩌란 말인가. 뺄 수도 없고 참을 수도 없고, 나보고 어쩌라고, 어쩌라고!

─진우야, 참지 말고 빼. 왜 바보처럼 참으려고만 해.

굳이 풀잎이가 그렇게 말하지 않아도 나 역시 사랑니를 빼고 싶다. 문제는 녀석이 잇몸 속에 숨어 있다는 사실이다. 풀잎이는 사랑니가 충분히 자라지 않아서 쉽지는 않지만 고통이 심할 경우에는 잇몸을 찢어서라도 빼야 한다고 하면서, 아버지 치과로 가자는 말을 몇 번이나 흘렸으나 나는 고개를 흔들었다. 나를 풀잎이 친구로 인정해 주지도 않는 그 눈빛을 다시는 보고 싶지 않았다. 그건 자존심의 문제였다. 개천에서 용 나기 어렵다는 시대에, 부모 형제나 이러저러한 빽이 없으면 살기 힘들다는 시대에, 철학자가 되려면 반드시 외국 물을 먹어야 하기 때문에 네 꿈을 바꾸라는 담임 선생님의 말이 더럽게도 현실인 시대에, 설령 내년에 대학에 붙는다고 해도 그 비싼 학비를 어찌 감당해야 할지 막막하기만 한 것이 현실이지만, 그래도 나는 살아갈 수 있다는 자신감 하나로 어디서건 기죽지 않고 살아왔는데, 풀잎이 아버지 앞에서는 그 자신감을 지켜낼 수 없을 것만 같았다. 어쩌면 진짜 풀잎이를 포기해야 할지도 모른다. 그래, 너는 풀잎이를 좋아하지 않잖아, 뭐 그렇게 나를 다그친다면……. 아, 머리가 쥐 난다.

할머니의 장례식이 뒷갈망되자마자 사랑니는 그 육중한 꼬락서니가 손에 잡힐 정도로 제 모습을 당당하게 드러냈다. 사랑니는 어금니보다 더 허리통이 통통했으며 송곳니보다 더 뾰족했다. 한번은 내가 펜치로 잡아서 마구 흔들어댔더니 이놈이 골을 부리면서…… 너 이 자식, 나를 건드렸다 이거지, 어디 한번 해보자, 하고 온몸으로 치통을 퍼트렸다. 나는 입에다 수건을 물고 두 시간이 넘게 굴러다녔다. 동생이 겁을 먹고 119를 불렀을 정도였다. 막상 119 대원들이 들이닥치자 사랑니는 완벽하게 치통을 감췄다.

가끔은 이런 생각이 들었다. 살아간다는 것은, 지금 내가 살아간다는 것은, 동생이랑 밥 먹고 잘 걱정을 하지 않을 만큼 돈을 벌어야 하고, 동생이랑 내가 공부할 만큼 역시 돈을 벌어야 하고, 돈을 벌기 위해서는 내가 할 수 있는 모든 행위들…… 주로 육체적인 고통이 따르겠지만 일을 해야 하고, 그것이 가장 힘이 들 줄 알았는데, 그게 아니었다. 공부하고 일하고 고민하는 것보다 내 몸 속으로 숨어든 사랑니가 주는 고통이 더 심했다. 살아간다는 것은, 공부하는 것도 아니고 알바를 하는 것도 아니고 미래에 대한 꿈을 꾸는 것도 아니고 오직 고통을 참아내는 연습, 사랑니가 주는 치통을 참아내는 연습 같았다. 나는 진통제를 먹을 때마다 그렇게 주억거렸고, 진통제가 없었다면 아마 치통을 참지 못하고 죽어버렸을지도 모른다고 고개를 흔들어댔다.

어쨌든 내가 사랑니를 제거해야겠다고 이러저러한 궁리를 하자, 녀석은 일주일 전부터 전술을 바꿨다. 그놈은 자기하고 이웃하고 있는, 아무런 죄도 없는, 순하디순하지만 한번 일을 했다 하면 깡마른 콩이나 박하사탕도 단숨에 바스라트릴 정도로 튼튼한 몸매를 자랑하는 어금니를 볼모로 잡았다. 야비하게도 사랑니는 그 어금니의 뿌리까지 파헤쳤다. 다급해진 어금니가 어서 사랑니를 제거해달라고 구원 요청을 하였다. 이건 진짜 비상사태였다. 내 예상을 깨는 공격이었다. 어금니에 밥 한 톨 닿기만 해도 쑥쑥 아리고 얼굴이 땅기고 귀가 아프고 머리가 어지럽고 배도 아프고 어깨까지 아팠다. 내 몸에서 살아가는 모든 것들이 그 개망나니의 눈치만 보았다. 배 속에 있는 창자와 간을 비롯하여 온갖 장기들은 물론이요, 뼈와 살, 머리털까지도 사랑니를 두려워하고 있었다. 나중에는 발까지 아팠고, 손까지 떨렸으며, 잠도 잘 수가 없었고, 공부도 할 수가 없었다. 그뿐이 아니었다. 소변이나 대변을 볼 때도 턱이나 머리가 아팠다. 걸을 때도 턱이 울렸다.

더 이상 버틸 수 없었다. 더 이상 살아갈 수 없었다. 왼 볼이 내 주먹만큼 부어오른 오늘 아침에 나는 거울 속에 보이는 사랑니 그놈에게, 싸가지라고는 벼룩의 양심만큼도 없는 그놈에게, 내 몸이 으깨어지더라도 반드시 쫓아내겠다고 선전포고를 하기에 이르렀다. 나는 아침밥도 먹지 못했으며, 더 이상 진통제가 듣지 않는다는 것을 알면서 약을 두 알이나 먹었고, 오늘 6교시만 끝나면 무조건 치과에 간다고 사랑니한테 통고하였다. 사랑니도 결전의 의지를 다졌다. 1교시가 시작되기도 전부터 어금니의 뿌리를 공격하였다. 나는 볼펜을 깨물면서 치통을 참아내다가 오줌까지 지렸고, 아랫배까지 아파오자 다급하게 보건 선생님을 찾아갔다. 선생님은 조퇴를 하고 병원에 가라고 하였다. 수학밖에 모르는 서른

아홉 살 깡마르고 창백한 노처녀 담임 선생님은 오랜만에 참으로 안쓰럽다는 표정으로 나를 교실 밖까지 배웅하였으며, 속 모르는 반 친구들은 그런 나를 부러운 눈초리로 바라보았다. 나는 그렇게 학교에서 나와 병원으로 가는 중이다.

여전히 나는 병원 앞에 있는 횡단보도에서 서성거리고 있었다. 벌써 두 번이나 신호등이 허가해준 그 길을 건너갈 수가 없었다. 막상 병원을 보자 겁이 났다. 학교에서 나올 때까지만 하여도 오늘은 끝장을 보겠다고 결전의 의지를 다졌는데, 막상 병원을 보자 자꾸만 걸음걸이가 느려졌다. 불과 몇 분 전까지만 해도 제대로 걸을 수 없을 정도로 압박해오던 사랑니도 병원 간판을 보자 조용해졌다. 나하고 타협을 하자고 하는 것 같았다. 사랑니가 이렇게 변할 수가 있다니. 단순하게 내 잇몸에서 살아가는 놈이 아니다. 그놈은 나보다 더 예민한 감각기관을 갖고 있는 게 틀림없다. 사람들 말소리는 물론이요, 바람 소리와 내 숨소리까지도 감지하는 아주 특수한 감각기관 말이다. 막상 치과가 보이자 그놈도 두려워하고 있었다. 야아, 사랑니한테도 눈이 있다니, 사랑니도 생각을 하다니, 사랑니가 완벽한 생명체라니…… 어쨌든 순간적으로 내 마음이 약해졌다. 꼭 빼야 할까. 이대로 아프지만 않으면 빼지 않아도 될 것 같은데. 혹시 사랑니를 빼다가 잘못되어 수술까지 하게 되는 건 아닐까. 풀잎이라도 부를 걸 그랬나. 풀잎이가 산부인과에 갈 때 그랬듯이 치과 앞까지만 손잡고 같이 동행해달라고.

갑자기 풀잎이네 집이 떠오른다. 80평이 넘는 아파트, 치과 의사인 아버지, 대학 교수인 어머니. 우리 집은 작은 연립주택이다. 아버지가 물려준 유일한 유산이다. 나는 여차하면 이거라도 팔아서 학비에 보텔 생각이지만, 나보다 더 어른스러운 눈빛이 자라고 있는 동생은 절대 안 된다면서 펄쩍펄쩍 뛰었다. 나는 부모도 없다. 5년 전에 집을 나가버린 어머니는 아무런 연락이 없다. 아버지도 돌아가셨고, 할머니도 돌아가셨다. 지금은 중학교 2학년인 남동생이랑 둘이 산다. 갑자기 왜 그런 화면들이 눈앞을 스쳐 가는지 모르겠다. 나는 한숨을 내쉬고 왼쪽 턱을 만졌다. 괜히 웃음이 나왔다.

지금까지 나는 딱 한 번 치과에 갔다. 내가 유치원에 다닐 때였다. 어머니는 흔들리는 이를 빼지 않으면 새로 돋아나는 이가 삐딱해지면서 입술을 뚫고 나올 수도 있다고 겁을 주면서 끌고 갔다. 나는 너무나도 무서워서 몸이 굳어버렸다. 이를 빼고 나올 때는 걸을 수가 없었고, 결국 어머니가 안고 가야 했다. 그 뒤로 어머니는 더 이상 내 이에 대해서 관심을 갖지 않았다. 내가 어느 쪽 이가 흔들린다고 말하면 치과에 가자는 말만 해놓고는 돌아서기만 하면 잊어버렸다. 결국 나 혼자서 해결을 해야 했다. 학년이 올라갈수록 이가 흔들리고 아파도 부모님에게 말할 기회가 없었다.

아버지는 너무 바빴고 어머니는 거의 집에 없었다. 당시 시골에 계셨던 할머니는 어머니하고 젊은 목사님이 눈이 맞았다고 했다. 어머니는 집보다 그 교회에서 지내는 시간이 더 많았고, 그 목사님이 이 세상에서 가장 위대한 분이라고 하였고, 교회를 믿어야만 우리 식구가 행복해지고 천국에 간다고 했다. 시장에서 정육점을 하고 있었던 아버지는 어머니의 입에서 그런 말이 나올 때마다, 교회 다니는 것을 반대하지는 않지만 적당히 좀 생각해서 다니라고 화를 냈다. 그런 아버지의 눈빛은 늘 지쳐 보였고, 늘 불안했으며, 무엇인가 진심으로 어머니에게 호소하고 싶었으나 꾹 참는 눈치였고, 당신의 말이 어머니한테 전혀 통하지 않는다는 사실을 안 뒤로는 술에 취해서 들어오는 날이 많아졌다. 어머니는 그런 아버지한테도 교회를 믿는 것만이 우리가 살길이라고 강조하였다. 그런 어머니를 바라다보던 아버지의 눈빛은 아무런 초점이 없었다. 하루하루, 시간이 흐를수록 어머니의 입에서는 더 많은 찬송가가 흘러나왔고, 어느 날 아버지는 대여섯 개의 통장을 집어던지면서 이 돈을 다 어디로 빼돌렸냐고 악을 썼다. 어머니는 나중에 하느님이 더 많은 복을 가져다줄 것이라고 당당하게 받아쳤다. 아버지는 몸을 부들부들 떨면서 어머니를 발로 차고 주먹으로 때렸다. 어떻게 알았는지 모르지만, 교회에 다니는 사람들이 경찰을 앞세우고 들이닥치더니 어머니를 데려가버렸다. 어머니는 아예 거처를 교회로 옮겨버렸다. 교회는 아무리 내 이가 흔들리고 아파도 도움을 청할 수가 없는 곳이었다.

　나는 이가 흔들릴 때마다 눈물을 질질 짜면서 이리저리 흔들어 댔다. 가끔씩 그러고 있을 때 할머니한테 전화가 왔고, 나는 이가 하도 아파서 네, 네, 네…… 하고만 간신히 대답했다. 할머니는 이내 사태를 파악하고는 자식까지 팽개치고 교회에 푹 빠져버린 어머니에 대한 불만을 한바탕 늘어놓은 다음, 이를 빼는 요령을 알려주었다.

　―이빨이 쉬이 빠지지 않는 것은 아직 때가 되지 않아서 그래야. 더 기다려야 쓴다. 앞으로 세상을 살다 보문 이렇게 고통을 참으며 기다려야 헐 때가 많을 것이다. 절대 힘으로 뺄라고 허지 말고, 이빨아 이빨아 니 동생이 나올라고 허니까 길 좀 비켜줘라, 그러면서 니가 느끼지 못헐 정도로 살살 흔들어줘야 써. 틈나는 대로 계속 흔들어줘야 써. 그러다 보면 절로 빠지게 되어 있어.

　할머니의 말은 사실이었다. 나는 첫 번째 흔들리는 이를 보름 만에 빼냈고, 그 뒤로는 자신감도 생기고 이 빼는 재미도 생겼다. 나는 이 빼는 도사가 되었다고 친구들 사이에서 소문이 났으며, 이를 빼기 위해서 치과에 가는 아이들의 얼굴에 가득 피어난 공포로부터 시달리지 않고 살아갈 수 있었다. 그런 나를 부러워하는 아이들도 많았다. 한번은 친구의 이를 빼주기도 했다. 물론 다음 날 나를 찾아온 그 아이의 어머니는 고맙다고 하기는커녕 이를 빼다가 잘못되었으면 어쩌려고 그런 짓을 했냐고 꾸짖었다. 나는 눈물이 핑 돌았다. 그 뒤로는 절대 친구들 이를 빼주지 않았다.

내 입안에 살아가고 있는 이들은 다 그렇게 해서 탄생을 하였다. 그러니까 나는 이하고는 인연이 깊은 셈인데, 저 사랑니하고는 도무지 인연이 닿지 않는 모양이다. 우선 내가 원치도 않았는데 모르게 태어난 것부터가 그렇고, 내가 아무런 해코지를 하지도 않았는데 뼛속까지 찔러대는 치통으로 나를 괴롭히는 것이 그렇다. 그동안 나는 목숨이 어느 정도 다한 젖니만을 상대해왔지만 이 사랑니는 그런 젖니들하고는 차원이 다른 상대였다. 아무리 내가 흔들어도 끄떡도 하지 않았다. 그야말로 무시무시한 존재였다. 할머니가 여러 가지 민간요법으로 치통을 다스려보려고 하였으나, 도무지 이 녀석만큼은 어찌할 수 없다고 고개를 흔들어댈 정도로 대단한 존재였다.

동화 속 궁전 모양으로 한껏 멋을 부린 병원 건물 쪽으로 과자 봉지가 날아갔다. 겉모습과는 달리 건물 내부로 들어가보면 대여섯 명의 전문의들이 꼬막 살림을 차려놓고 세 들어 있는 동네 구멍병원이었다. 나는 치과 앞에서 다시 주춤거렸다. 정말 이곳에서 탈 없이 사랑니를 쫓아낼 수 있을까. 유리문으로 엿보이는 병원은 너무 조용했다. 그래서 더욱 불안했다. 불안의 파장이 커질수록 아련하게 떠오르는 기억이 있었다.

동현이는 나하고 초등학교와 중학교라는 배를 같이 탄 몇 안 되는 아이였는데도 살갑게 말 한마디 붙여본 적이 없었다. 초등학교 때는 두 번이나 같은 반이었다. 동현이는 반에서 가장 말이 없는 아이였다. 게다가 초등학교를 졸업할 때까지만 해도 나하고 키가 두 뼘이나 차이가 날 정도로 작았다. 동현이는 숱한 소문을 달고 다녔다. 동현이에 대한 소문이 귀에 닿을 때마다 내 얼굴이 화끈거렸다. 꼭 내 이야기를 듣는 기분이었다. 평범한 가정주부였던 동현이 어머니가 어떤 스님하고 눈이 맞아서 집을 나갔다는 소문, 그 스님이랑 아무개 동네에서 유명한 점집을 하고 있다는 소문, 동현이 아버지가 집 나간 아내를 찾아다니다가 미쳐버렸다는 소문. 나는 처음으로 인간에게 들을 수 있는 귀가 있다는 사실이 싫었다. 동현이는 그 어떤 소문이 자신을 괴롭혀도 일체 대응하지 않았다.

중학생이 된 동현이는 전혀 다른 사람이 되어 있었다. 어느새 키가 나보다 한 뼘이나 커져 있었으며 눈빛은 거칠고 강렬하게 빛났고 걸음걸이도 무겁고 힘이 넘쳤으며 주먹깨나 쓴다는 패거리들이랑 섞여 있었다. 동현이는 다시 숱한 소문을 몰고 다녔다. 죄다 동현이가 누군가랑 맞짱을 떠서 한 방에 KO를 시켰다는 소문이었다. 2학년이나 3학년 선배하고도 맞짱을 떠서 이겼고, 한 명이 아니라 서너 명을 쓰러트렸으며, 인근 학교에 다니는 일진들이 맥주병을 휘두르면서 덤볐는데도 상처 하나 입지 않고 그놈들을 지근지근 밟아버렸다는 소문이었다.

그런 동현이가 편의점에 나타났다. 혼자가 아니라 자신의 패거리 십여 명이 뒤따랐다. 시간은 저녁 10시가 넘었고, 편의점에는 나 혼자밖에 없었다. 내가 풀잎이랑 만난 지 한 달쯤 되었을 무렵이었다. 동현이는 나를 보고 잘 있었냐고 슬쩍 웃더니 감시카메라의 각도를 보고는 패거리들에게 눈짓을 했다. 내가 뭐라 말할 새도 없이 패거리들이 가방에다 쓸어 담기 시작했다. 차마 말이 나오지 않았다. 간신히 입을 열었으나…… 도, 도, 동현아…… 하고 더듬어버렸다. 동현이가 나를 째려보았다. 나는 이내 체념을 하면서 훔친 물건값 받지 않을 테니까 어서 나가달라고 하고 싶었다. 패거리들은 내일 또 오자며 웃으면서 편의점을 나갔다. 동현이가 아이스크림 하나를 들고 돈을 내밀더니, 너희 엄마는 목사 놈이랑 잘사냐고 비릿하게 웃었다. 순간 가슴속에서 뭔가 울컥했다. 그 다음 날 동현이 패거리는 다시 편의점에 나타났다. 다행히도 사장님이 있어서 불상사는 일어나지 않았으나, 니네 엄마가 다른 목사 놈이랑 산다고 하더라, 하고 사장님이 들을 정도로 큰 메아리를 남기고 나가버렸다.

나는 편의점 알바를 그만두었다. 그러자 동현이는 아예 우리 반 교실에 와서 어머니에 대한 비방을 하였다. 어머니가 아이를 낳아서 지하철 화장실에서 버리다가 두 번이나 붙잡혔다고 지껄였고, 나 황진우도 어떤 목사 놈의 씨앗이라고 씨부렁거렸으며, 그걸 알게 된 우리 아버지가 화병이 나서 돌아가셨다고 비웃어대자, 나도 모르게 야! 하고 소리를 질러댔다. 동현이가 왜 나를 정조준하여 힘들게 하는지 알 수가 없었다.

—야, 이 개새끼야, 너 나랑 한판 붙자!

내 입에서 튀어나간 말이었다. 비릿하게 웃고 있던 동현이도 놀랐고, 그 주위를 겹겹이 에워싸고 있던 그 패거리들도 놀랐고, 그 뒤에서 서성거리고 있던 수많은 아이들이 놀랐고, 나도 놀랐다. 동현이는 어처구니없다는 표정을 짓더니 이내 비릿하게 웃었다.

—네 인생은 오늘이 끝이다.

겁이 났다. 당장이라도 아니라고, 나도 모르게 튀어나온 말이라고, 그냥 장난으로 해본 말이라고 하면서 봐달라고 두 손을 싹싹 빌고 싶었다. 동현이가 교실을 나가자 몇몇 친한 아이들이 와서 걱정스런 얼굴로 나를 보았다. 그놈은 이미 정상이 아니기 때문에 싸운다는 것 자체가 말이 안 되고, 설령 내가 싸움을 잘한다고 해도 그놈을 이길 수가 없다고 말했다. 동현이는 밤에 초등학교 운동장에서 술을 마시다가 그걸 제지하는 동네 청년들하고도 싸움이 붙었고, 판세가 불리하자 손에 잡히는 대로 휘두르고 집어던져서 경찰까지 출동한 적이 있다는 말도 하였다. 동현이는 잔인하게 상대방의 성기와 눈을 공격한다고 말하는 아이도 있었다. 선생님들이나 경찰들도 동현이만 보면 고개를 흔들어버린다고 하면서 그냥 도망치거나 며칠간 잠수하라는 아이도 있었다.

이미 엎질러진 물이었다. 나는 동현이한테 맞아 죽을지언정 비겁하게 도망치고 싶지 않았다. 도대체 왜 나를 괴롭히는지 그 이

유나 알고 싶었다. 나는 싸움 장소로 정해진 초등학교 뒤로 가면서도 같이 가겠다고 한 몇몇 친구들을 물리쳤다. 어차피 같이 가도 전혀 도움을 받을 수 없다는 사실을 잘 알았고, 그냥 당당하게 맞붙고 싶었다. 막상 초등학교 담장을 끼고 돌아가자 온몸에 열이 나면서 다리가 후들거렸다. 동현이는 대여섯 명의 패거리들과 함께 기다리고 있다가 혼자 오는 나를 보고는 쪽팔린다고 나무를 발로 차면서 그냥 꺼지라고 침을 뱉었다. 동현이 패거리들도, 이건 붙어봤자 아무 이득이 없는 것이라고 하면서 어서 가자고 일어났다. 나도 돌아가고 싶었지만 더 이상 발이 말을 듣지 않았다. 내가 멍하니 서 있자 동현이가 와서 발을 걸었다. 나는 뒤로 넘어졌다. 흙이 등에 닿자 차라리 편했다.

—쪽팔려, 쪽팔려, 내가 지금 너한테 이러는 것도 쪽팔린다, 개자식아. 그나저나 너 무슨 맘으로 나한테 싸움을 걸었냐? 영웅이 되고 싶었냐? 아님 죽고 싶었냐?

—너는 대체 왜 날 못살게 하냐?

12분 동안 동현이의 발길질에 꼼지락거리다가 불쑥 내뱉은 말. 더듬지도 않았다. 크지는 않았어도 당당했다. 그런 말을 무사히 공기 속으로 배달해준 내 입이 고마웠다. 대견했다. 나한테 그런 깡다구가 있다니, 칭찬해주고 싶었다. 그때 동현이가 갑자기 바지를 까더니 자신의 성기를 내 얼굴에다 조준했다. 오줌이 쏟아졌다. 동현이가 내 머리를 발로 누르고 있어서 피할 수도 없었다. 나는 한 인간의 몸속에서 여과되어 나오는 물을 원 없이 맞았다. 나도 모르게 가끔씩 머리를 돌렸다. 오줌이 너무 뜨거웠다. 냄새보다는 뜨거움을 견딜 수 없었다. 동현이 패거리들이 낄낄낄 웃었다. 동현이는 이름을 알 수 없는 풀잎들을 뜯어서 내 얼굴에다 뿌렸다.

─대체 왜 날 못살게 하냐고? 이 새끼 둔한 거야, 일부러 모른 척하는 거야? 너 요새 풀잎이랑 만나지? 재미 좋더라, 좋아, 아주 좋아.

그랬구나. 저놈도 풀잎이를 좋아하고 있었구나.

─내가 이렇게 친절하게 알려줬으니까, 이제 진우 니가 나한테 보답을 해야지. 나 실망시키지 마라.

동현이는 말을 하면서도 자꾸만 침을 뱉었다. 이상하게도 동현이의 발음이 정확하지 않았다. 나도 모르게 눈을 크게 뜨고야 말았다. 믿을 수가 없었다. 동현이의 앞니가 네 개나 빠져 있었다. 왜 이제야 그게 눈에 띄었을까. 왜 동현이의 이에 대한 소문은 내 고막까지 배달되지 않았을까. 동현이의 위쪽 앞니와 왼쪽 송곳니가 가출을 한 상태였고, 아래쪽은 한가운데 있어야 할 앞니 두 개가 어디론가 사라지고 없었다. 웃음이 나왔다. 나도 저렇게 이가 빠진 적이 있었다. 하여간 여기저기 뻥뻥 뚫려 있는 개구멍 같은 동현이의 잇몸을 보자 괜히 웃음이 나왔고, 어쩌면 동현이도 나처럼 이를 잘 빼는 놈일지도 모른다는 생각도 들었고, 영구치를 저렇게 많이 잃었을 리는 없고 이제야 젖니를 갈았냐고 물어보고도 싶었다.

—이 새끼 봐라, 웃어!

처음에는 희미하게 웃다가 동현이가 발로 내 목을 누르자 재채기와 함께 더욱 웃음이 크게 폭발해 버렸다. 동현이 패거리들은 나한테 미친 게 아니냐고 소리쳤고, 동현이는 내 멱살을 잡고 일으켜 세우더니 마구 주먹을 휘두르기 시작했다. 나는 동현이의 상대가 되지 않았다. 아니, 상대가 될 수 없었다. 나는 그때까지 누군가랑 싸움 한 번을 해 보지 않았고, 스포츠 종목 중에서도 권투나 격투기 따위의 종목을 가장 싫어했고, 내 친구들 중에서도 싸움을 잘하는 아이가 한 명도 없었으니 결과는 뻔했다. 나는 무방비로 맞았다. 코피가 났다. 숨을 쉬지 못해 뒹굴었다. 그래도 아픔은 느껴지지 않았다. 동현이만 보면 웃음이 나왔다.

—이 새끼가 진짜…… 강냉이를 다 뽑아 버릴 테다!

동현이가 주먹으로 내 입을 내리쳤다. 으악! 내 입에서 터진 비명 소리가 아니었다. 나는 아무렇지도 않고 웃고만 있었다. 동현이가 손을 잡고 폴딱폴딱 뛰었다. 강력한 내 앞니가 동현이의 주먹에 엄청난 상처를 입혔다. 동현이는 더 이상 해독이 불가능한 욕설을 쏟아내면서 발로 내 입을 찍어 찼다. 입술이 터져버렸다. 얼마나 많은 피가 흐르는지도 알 수 없었다. 그래도 나는 웃음을 멈출 수 없었다. 물론 내 이도 끄떡없었다. 동현이의 딱딱한 운동화가 앞니를 계속 타격했다. 동현이가 돌멩이를 집어 들었다. 그 돌멩이가 내 이를 향해 날아올 때였다. 나도 모르게 앞으로 돌진하면서 녀석의 손을 잡아 물어뜯었다. 아마 동현이 패거리들이 말리지 않았더라면…… 그랬더라면 끔찍한 일이…… 그놈의 손가락이 잘려나갔을지도 모른다. 그때부터 나는, 내가 전생에 머슴이나 노예가 되어 악질 지주네 집에 살았다고 할지라도 이렇게 맞지는 않았을 거야 하는 생각이 들 정도로, 어쩌면 이러다가 죽을지도 몰라 하는 생각이 들 정도로 맞았다. 나는 녀석들이 사라지자 그 자리에서 잠을 자다가 밤이 깊어서야 일어났다. 가장 먼저 잇몸으로 손이 갔다. 모두 무사했다. 순간 내가 두 손을 높이 쳐들면서 소리쳤다. 만세에! 만세에!

다음 날 손에 붕대를 칭칭 감고 마스크까지 쓰고 나타난 동현이는, 나를 보면 저 미친 놈 미친 놈 할 뿐 더 이상 건드리지 않았다.

—진우야, 너 동현이랑 싸웠다며? 나 때문에 네가 이렇게 힘들어할 줄은 몰랐어.

며칠 뒤 풀잎이가 여기저기 상처투성이인 나를 보더니 미안한 표정을 지었다. 나는 괜찮다고 씩씩하게 웃어주면서 앞니를 드러내고는, 치아들이 나를 구해주었다고 덧붙였다. 풀잎이가 무슨 말이냐고 물었고, 나는 약간 과장을 하면서 내 앞니의 활약상을 떠벌렸다. 풀잎이는 내 앞니의 활약상을 듣다가도 어머나, 하고 놀라면서 정말 괜찮냐고 묻기도 했다. 나는 대답 대신 튼튼한 앞니를 보여주었다. 풀잎이는 놀라는 표정을 짓다가도 황당해하였고, 나중에는 치아만 골라서 공격한 놈이나 그 치아를 믿고 버틴 놈이나 다 한통속이라는 표정을 지었다. 나는 동현이가 너를 좋아하는 것을 아냐고 물었다. 풀잎이는 고개를 끄덕였다.

　—동현이는 작년부터 나를 스토커 수준으로 쫓아다녔어. 왜 동현이가 싫냐고? 그건 말야…… 이가 빠져 있어서. 처음 볼 때부터 싫었어. 맨 첨에는 위아래 두 개가 빠져 있었는데, 볼 때마다 구멍이 늘어나더라. 웃을 때마다 보이는 이 빠진 구멍이 너무 이상하게 느껴져. 자기는 곧 이를 심을 거라고 하지만 요즘 보니까 다섯 개 빠진 거 같던데…… 그만큼 많이 싸운다는 뜻 아니겠니?

　풀잎이는 동현이가 불쌍하다는 생각이 들 때가 많다고 하였고, 나 역시 은연중에 고개를 끄덕이고야 말았다. 그렇다. 이가 빠져 있으면 불쌍해 보인다. 나는 동현이한테 꼭 그 이야기를 전달하고 싶었다. 더 이상 싸우지 말고 어서 알바라도 하여 싸구려 이라도 사서 심으라고 말하고 싶었으나 그놈은 나를 보면 한 손으로 이를 가리면서 피해 버렸다.

　새삼 동현이가 보고 싶었다. 동현이는 작년부터 보이지 않았다. 동현이는 이미 조폭들의 세상으로 들어가서, 조폭으로 당당하게 살아남기 위해서 치열하게 자신을 연마하고 있을지도 모른다고 수군거리는 친구들이 많았다. 하지만 나는 구멍 난 땅에다 이를 심기 위해서 어디선가 죽어라고 알바를 하면서 돈 벌고 있기를 바랐다.

한동안 동현이를 생각하다 보니 조금은 몸이 편해졌다. 나는 숨을 깊게 들이마시면서 병원 문을 열었다. 실내에는 아무도 없었다. 간호사가 나를 보더니 어떻게 왔냐고 물었다. 나는 얼굴을 찌푸리면서 사랑니 때문이라고 말끝을 흐렸다. 간호사가 의료보험증을 달라고 하였다. 병원에 올 때는 그걸 가져와야 한다는 걸 까먹었다. 간호사가 다음에 가져와도 된다고 하면서 주소랑 나이를 캐물었다. 나는 모든 걸 체념한 눈빛으로 대답을 하였다. 곧바로 간호사가 나를 불렀다. 나는 간호사를 따라서 진료실로 들어갔다. 누워서 한숨 자기에 딱 좋아 보이는 의자가 나를 기다리고 있었다. 키가 작은 간호사가 웃으면서 말했다.

―더 올라오세요. 더요. 자아, 편안하게 마음을 가지세요. 아프지 않아요.

이윽고 새치가 희끗희끗한 의사가 오더니 아이들 약숟가락만한 수저를 앞세워 내 입안을 뒤적거리면서 사랑니의 동태를 파악했다. 이제 사랑니란 놈이 어디 숨을 곳도 없었다. 너는 이제 죽었다. 그러니까 평소에 잘하지. 나도 모르게 그렇게 중얼거리고 싶었다. 의사는 지루하다고 느낄 정도로 입안을 염탐하더니, 사랑니에 대한 언급은 한마디도 없이 스케일링부터 해야겠다고 커다란 치석 하나를 긁어내서 보여주었다. 부끄럽게도 나는 스케일링이라는 말을 처음 들었다. 내 머릿속에 든 영어 상식으로는 스케일링이라는 말뜻을 분해할 수가 없었다. 그렇다면 물어보았어야 하거늘 물어볼 엄두도 내지 못했고, 의사 역시 스케일링을 할 것인가 말 것인가를 물어보지도 않고 곧장 마취 주사를 쑤셔댔다.

아악, 하고 비명을 질렀으나 입안에서 뛰쳐나오지 못했다.

의사는 곧장 작업에 돌입하였다. 다행히도 나는 치석이 무엇인지는 알고 있었다. 천하무적인 내 치아의 어느 곳엔가 겨우살이처럼 치석이 기생하고 있다는 사실을 확인하자 기분이 좋지 않았다. 적어도 나는 내 치아가 그 누구의 치아보다 건강하다는 확신을 갖고 있었다. 나는 어려서부터 단 과자 따위를 멀리했고 요구르트나 탄산음료수 따위는 아예 입에 대지도 않았으며, 하루에 두 번 이상은 이를 깨끗하게 설거지하였고, 풀잎이랑 사귄 뒤로는 더욱 이에다 신경을 썼다. 꿈에서 풀잎이랑 입이라도 맞춘 날 아침에는 아예 거울 앞에서 한 시간이 넘도록 입안을 들여다보면서 이와 이 사이에 숨은 작은 밥 알갱이까지 찾아서 끌어냈다. 특히 동현이랑 싸우고 난 뒤로는 더욱 신경을 썼으며 때로는 유독 잘생긴 내 앞니들을 끄집어내서 풀잎이한테 보여주고 싶은 충동까지 느꼈다. 이는 내 자랑거리였다. 그런데 치석이라니, 치욕스러웠다.

간호사가 내 얼굴에다 하얀 천을 덮었다. 내 입만 나오도록 구멍이 뚫려 있는 천이었다. 간호사가 편안하게 입을 벌리라고 하였다. 의사는 무엇인가를 입안으로 밀어 넣은 다음 그라인더로 화강

암을 갈아대는 착각이 소용돌이칠 정도로 이를 갈아대기 시작했다. 그제야 나는 스케일링이라는 것이 치아에 기생하고 있는 치석을 뜯어내는 행위임을 알았다. 그 작업은 내 예상을 초월했다. 위아래에 있는 모든 치아들을 하나하나 갈아댔다. 미치도록 시리고 아리고 떨리고 아팠다. 수백 명의 석공들이 내 입안에서 망치질을 하고 있다는 착각이 들었다. 게다가 목구멍으로 침인지 핏물인지 모를 액체들이 자꾸만 흘러내렸다. 그걸 삼키려고 해도 혀를 맘대로 움직일 수 없어서 제대로 삼킬 수도 없었다. 제발 그만 좀 해달라고 소리치고 싶었다. 의사는 조금만 참으라는 작은 배려의 눈빛 한번 뿌리지 않은 채 자그마치 40분 동안이나 내 입안을 마구 들쑤셨다.

간호사는 축 늘어진 나를 보고 계속 웃고 있었다.

—자, 학생, 엑스레이 좀 봐요.

의사는 나에게 잇몸을 촬영한 엑스레이를 보여주었고, 사랑니의 뿌리가 이웃하고 있는 어금니 뿌리에 닿아 있어서 쉽지 않은 일이라고 입맛을 다셨다. 순간 풀잎이 얼굴이 떠올랐다.

—사랑니를 빼다가 낭패당한 사람이 의외로 많아. 그러니까 아예 큰 병원을 가든가 아니면 사랑니를 잘 빼는 치과를 찾아가야 해. 근데 너는 큰 병원에 갈 처지가 아니니까 우리 아빠한테 가. 우리 아빠가 사랑니 하나는 잘 빼거든.

나는 풀잎이의 목소리를 지우면서 몹시 불안한 눈빛으로 의사한테 사랑니를 뺄 수 있겠냐고 물었다. 그러면서 제발, 여기서는 힘들겠는데요, 하는 말이 나오기를 바랐다. 그랬다면 이걸 핑계 삼아 풀잎이 아버지가 하는 병원에 갔을지도 모른다.

이제 손해 볼 일도 없잖아. 내가 풀잎이하고 헤어진다고 해서 크게 아쉬운 것도 없고. 내가 풀잎이를 죽자 사자 좋아하는 것도 아니고. 그냥 가끔씩 만나서 편안하게 웃고 떠드는 사이잖아. 딱 그 정도. 안아본 적도 없고, 당연히 키스를 한 적도 없고, 사귄 지 백 일이니 이백 일이니 하면서 풀잎이한테 선물 한번 해본 적도 없고, 손이나 몇 번 잡아봤을 뿐. 그냥 편한 친구. 뭐 그러니까 풀 잎이 아버지가, 너 이 사랑니를 빼줄 테니까 우리 풀잎이랑 이제 그만 만나라, 한다면 그럴 수도 있을 것 같은데…… 제발, 못 빼겠 다고 말해요.

―빼 봐야 알겠는데…….

의사는 묘한 여운을 남겼다. 그렇다면 못 뺄 수도 있단 말인가. 사랑니를 빼다 보면 이틀이 걸리기도 하고, 불가능한 경우도 있다 고 했다. 더구나 어딜 가나 마찬가지라니. 아, 일이 꼬이는구나. 에 라 모르겠다. 나는 눈을 감아버렸다. 의사는 내 입이 다물어지지 않도록 무엇인가를 물리더니, 콘크리트 벽에 박힌 못을 뽑아내듯 펜치로 사랑니를 흔들어댔다. 골이 흔들렸다. 사랑니는 끄떡도 하 지 않았다. 의사는 사랑니를 툭툭 치더니 다시 펜치에다 힘을 모 았다. 그때까지만 해도 그다지 고통스럽지는 않았다. 느껴지지 않았다.

─이야, 진짜 까탈스럽게 났네.

의사는 내가 알 수 없는 암호로 간호사에게 연장을 요구했다. 그때부터 내 입안에 든 사랑니는 인간의 육신에서 자양분을 먹고 사는 기생충으로 인식되었고, 어떻게 해서든지 뿌리째 뽑혀야만 하는, 절대로 살아서 존재할 수 없는, 아니 존재해서는 안 될 암적인 존재로 변해 있었다. 의사와 간호사는 마구 망치질을 했다.

오냐, 망치가 아니라 불도저나 탱크까지 끌고 와 봐라.

사랑니는 더욱 강해졌다.

고막이 윙윙 울리고, 온 힘이 입술로 모아졌다. 제발 부서져 버려라. 제발 부서져 버려라.

─자, 다시 쳐 봐. 이쪽으로 와서 쳐 봐. 정말 지독하군. 다시 쳐 보자고.

제발 부서져 버리라니깐.

─안 되겠어. 이쪽으로.

최신 의학과 최첨단 무기로 무장한 의사가 아무리 집요하게 공격을 해도 사랑니는 항복하지 않았고, 마취약이 풀리기 시작했는지 망치질을 할 때마다 온몸으로 통증이 퍼져나갔다. 나는 비명을 지르면서 간신히 왼손을 들었고, 의사가 잠깐 쉬자고 하면서 양치 한 번 하라고 했다. 나는 혼자 일어나지도 못했다. 간호사가 일으켜주었다. 나는 입안을 헹구어낸 다음 그냥 이대로 두면 안 되겠냐고 말했다.

—사랑니를 건드렸기 때문에 지금 포기하면 치통 때문에 견딜 수 없어요. 여기서 빼든 종합병원으로 가서 빼든 반드시 빼야 해요.

나는 가쁘게 한숨을 몰아쉬면서 어서 빼달라고 하였다. 의사는 조금만 참으라고 하면서 다시 마취제를 잇몸에다 투입한 다음 조금 전보다 더 강하게 망치질을 하였다. 내 몸속에 들어 있는 모든 것들이 흔들리고 비명을 지르고 있었다. 뇌와 피와 뼈와 창자들을 비롯하여 내가 알고 있는 수많은 이름들, 얼굴들, 노래들, 기억들까지 다 흔들리고 야단이었다. 그때 유독 심하게 흔들리는 얼굴이 있었다. 풀잎이었다. 풀잎이는 물 위에 뜬 작은 인형처럼 흔들리고 있었다.

풀잎이는 내 생일날 자신의 자궁 속에 들어 있는 생명체에 대해서 고백하였다. 우리가 만난 지 60일째 되는 날이었다. 어쩐지 풀잎이는 너무 어두웠다. 가끔씩 이해할 수 없는 말도 하였다.

—진우야, 난 말야, 어서 나이 들었으면 좋겠어. 어서 할머니 됐으면 좋겠어. 로빈슨 크루소처럼 외딴 곳에서 혼자 살고 싶어.

나는 풀잎이 얼굴을 밝게 해주려고 애를 썼다. 가끔씩 바보스러운 몸짓도 하였고, 지금 돌이켜보아도 믿기지 않을 정도로 수다를 떨어대기도 하였다. 풀잎이는 조용히 웃어주었으나 그 웃음 자락은 길지 않았다. 나는 풀잎이가 왜 그렇게 어두운지 이해할 수 없었다.

풀잎이는 노래방에 가자마자 마이크를 잡고는 연달아 노래를 세 곡이나 쏟아내더니 갑자기 나를 잡고 울어대기 시작했다. 당황스러웠다. 울음소리가 너무 커서 자꾸만 주위를 두리번거렸을 뿐이다. 풀잎이가 내 손을 꼭 잡더니 자신의 배로 끌어갔다. 이게 대체 무슨 뜻인지 알 수 없었다. 풀잎이가 내 손으로 자신의 배를 문지르더니, 뭔가 느껴지지 않았냐고 울음 섞인 목소리로 속삭였다. 나는 아무것도 느낄 수 없었다. 풀잎이가 내 손가락에다 힘을 주고 자신의 배를 갈퀴질하였다. 점점 알 수가 없었다. 그러더니 갑자기 힘을 풀면서 털썩 앉았다. 풀잎이는 미안하다는 말부터 끄집어냈다.

—미안해, 진짜, 진짜…… 근데 일부러 감춘 건 아냐. 처음부터 너한테는 감추고 싶지 않았어. 너를 만나러 나올 때마다, 오늘은 말해야지, 말해야 해, 꼭 말해야 해, 숨기면 안 돼, 너를 위해서도 숨기면 안 돼 하고 마음을 먹었지만, 막상 너를 보면…… 막상 너만 만나면 입이 안 떨어졌어. 만약 다 말해버린다면, 그래, 다시는 너하고 만나지 못할 것이라는 불안감 때문에…… 미안해. 그래서 지금까지 감췄던 거야.

나는 대체 무슨 말인지 모르겠다는 눈빛만 보냈을 뿐이었다. 풀잎이는 잠깐 주춤하더니 입술로 흘러내리는 눈물을 빨아들이고는, 이제 더 이상 감출 수가 없다고 말했다.

─당연히 너는 나를 욕하겠지. 미친년이라고 하겠지. 좋아, 어떤 욕도 어떤 비아냥도 심지어 네가 발로 차거나 물어뜯어도……네 맘대로 해. 너 편한 대로……. 진우야, 나 있잖아, 나…… 임신했어.

임신이라고? 그 단어가 하도 낯설어서 내 고막에서 차마 감당을 하지 못하고 자꾸만 튕겨나가려고 하였다. 내가 농담이지, 하고 웃으려고 할 때 풀잎이가 농담 아니라고 무겁게 말했다.

나는 하도 황당해서, 하— 하고는 고개를 흔들어대다가 주먹으로 내 이마를 툭툭 쳐댔다. 아버지가 갑자기 돌아가셨다고 할 때보다 더 황당했다. 아버지는 아무런 지병도 없었다. 단 한 번도 병원에 가서 약을 처방받아 오지 않았다. 어머니가 어디론가 증발해버린 뒤로 부쩍 어두워지고 말수가 줄어들기는 했어도 술도 마시지 않았고 담배도 피우지 않았으며 생을 절망하지도 않았고 어머니를 욕하지도 않았다. 어머니는 집 안에 있는 통장이란 통장은 다 긁어서 나가버렸다. 그뿐이 아니었다. 어머니는 집을 담보로 은행뿐만 아니라 사채까지 다 긁어모아서 나가버렸다. 할머니는 왜 집 명의를 어머니 이름으로 해놓았냐고 아버지를 타박했으나 당신은 한마디 원망도 없이 그럴 만한 사정이 있었다고 말했을 뿐, 아파트에서 작은 다세대주택으로 이사를 할 때도 너무 걱정하지 말라고 나를 안심시켰다. 너무 독하다 싶을 정도로 차분했다. 그랬기에 학교에서 공부를 하고 있다가 아버지의 사망 소식을 듣고도 눈물이 나오지 않았다. 아버지는 누운 채로 돌아가셨다. 아침에 나올 때까지만 하여도 헛기침 소리가 들렸는데, 오전 열 시쯤 돌아가셨다는 연락을 받았다. 할머니도 황당해서 아무런 감정 표현을 하지 못했다. 밥 먹으라고 차려놓고 시장에 갔다가 오니 아버지의 심장이 멎어 있었으니. 어른들이 들으면 나를 불효자식이라고 손가락질할지도 모르지만, 나는 그때보다 풀잎이의 고백이 더 황당했다. 임신이라니? 나는 풀잎이하고 키스 한 번 해본 적도 없는데 어떻게 임신이 될 수가 있는지. 나는 웃으려고 애를 썼다.

　―그때, 진우 너를 편의점에서 만났을 때, 너한테 담배 좀 사달라고 할 때, 그때 나도 첨 알았어. 그때부터 난 살아 있는 게 아니었어. 나 있잖아, 죽으려고 몇 번이나 자살 사이트에도…… 집에 있는 약이란 약은 다 먹은 적도 있고……. 상대가 누구냐고? 나 과외해주는 오빠. 사촌 오빠야. 이모네…… 지금 대학생이야. 나도 그 오빠를 좋아했으니까 미워하고 싶지는 않아. 임신했다는 말도 못했어. 그 오빠가 외국으로 가버렸거든. 네가 한심하다고 해도 상관없어. 그 오빠가 나를 노리개 취급을 했다고 해도 상관없어. 내가 좋아했으니까. 몇 번이나 그 오빠한테 말할까 하다가 그만뒀어. 임신……을 확인하고는, 처음에는 황당하고, 거짓말 같고, 꿈이었으면 했고, 이렇게 임신이 쉽게 되나 하고 일주일간 하루도 빠짐없이 임신 여부를 체크하기도 했고, 그러다가 몸에서 임신 증

세가 나타나자 그때부터는 혼돈이었어. 슬프기도 하고, 당황스럽다가도 신기하고, 막 울다가도 황홀해지고, 아련하다가도 들뜨기도 하고, 다시 메스껍고…… 황홀하고, 쓰리고, 아리고…… 인간이 느끼는 모든 감정을 다 맛보고…… 쫓아내야 한다는 생각으로 정리되자, 그때부터는 신경이 단순화되면서 아프기 시작했어. 그놈이 움직일 때마다 아팠어. 배 속에 든 아이가 움직일 때마다, 발길질할 때마다 아파, 미치겠어. 제발…… 아이를 떼려고 별짓 다 했어…….

풀잎이는 더 이상 울먹이지 않았고, 나 역시 더 이상 황당하지 않았다. 아버지가 돌아가셨을 때보다 더 빨리 현실을 받아들였다.

—첨엔 별생각이 없었어. 그냥, 누군가랑 말하고 싶었는데, 그때 네가 나타난 거야. 너랑 친하지는 않지만, 그래도 우린 동창이잖아. 우연히 너를 본 뒤로 또다시 너를 만나리라고도 생각하지 않았어. 근데 왜 너한테 연락을 했는지 모르겠어. 얼마나 망설였는지 몰라. 그때 난 너무 힘들었어. 이 엄청난 일을, 나 혼자서는 감당할 수 없는…… 아무에게도 말할 수 없었어. 난 엄마하고는 중학교 1학년 때부터 속엣말을 하지 않았어. 아빠하고는 그런지 더 오래되었고. 우린 그렇게 살아. 그렇다고 친구도 없었으니까……. 날마다 혼자 끙끙거리다가 너한테 연락이 오면 나도 모르게 나가게 된 거야. 너 만나서 그냥 웃고 떠들다 보면 그래도 잠시나마 잊을 수 있잖아. 그러다가 나도 모르게 네가 좋아지게 되었

는데…… 그래서 이렇게 질질 끌게 된 거야. 안 그랬으면 더 빨리 말했을 텐데……. 난 이제 다 말했다. 후련하다. 놀랐지? 나도 날마다 놀라니까. 아침에 깨어날 때마다 화장실에 가서 거울을 볼 때마다, 거울 속에 있는 사람이 나인가 하고 놀랐어. 배 속에서 아기가 꿈틀거릴 때마다 비명을 지르고 싶을 정도로 놀랐어. 날마다, 날마다, 하루도 빠짐없이. 그동안 고마웠어. 이건 내 진심이야. 앞으로 내가 어떻게 살아갈지 모르겠지만 널 잊지 않을게.

나는 풀잎이를 따라가지 못했다. 아니, 엄두가 나지 않았다. 지금 풀잎이의 뇌리를 얽어매고 있는 고민들을 내가 어루만져주기에는 내 삶의 두께가 너무 얇았다. 나는 한마디도 할 수가 없었다. 이제 어떡할래, 그런 말도 할 수 없었다. 나는 어쩔 수 없는 일이라고 고개를 흔들어대면서 풀잎이를 잊으려고 하였다. 풀잎이한테서 온 편지랑 풀잎이가 사준 책이랑 시디까지 다 처분하였다. 하지만 길에서 풀잎이 또래의 여자들만 보면 나도 모르게 아랫배 쪽으로 눈이 갔다. 이상한 일이었다. 풀잎이는 잊으려고 하면 할수록 더욱 또렷하게 되살아났다. 처음에는 산부인과 병원만 보면 풀잎이가 떠올랐으나 나중에는 치과를 비롯하여 병원, 의원이라는 간판만 보아도 떠올랐고, 더 시간이 지나자 약국은 물론 한의원만 보아도 그 얼굴이 떠올랐다. 그때마다 풀잎이를 잊어야 한다고 나를 다그쳤고, 할머니의 담배까지 몰래 훔쳐서 피워댔으며, 잠시나마 정신을 몽롱해지게 하려고 부탄가스까지 사다가 몰래 화장실에서 들이마시기도 하였다. 그렇게 한 달 정도 지났을 때 할머니는 불쑥 내 얼굴을 보고는 어디 아프냐고 물었고, 거울 속에 있는 내 얼굴은 타인처럼 낯설었다.

　─니 나이에 얼굴이 쏙 빠지는 것은 두 가지 경우밖에는 없다. 하나는 잘 안 먹는 것이고, 하나는 마음이 아픈 것인디…… 너 풀잎인가 꽃잎인가 하는 가시내랑 지랄하드만 그 가시내 때문이냐?

　나는 할머니의 눈빛을 똑바로 받아내지 못하고 피해버렸다. 이렇게 힘들 줄은 몰랐다. 우리는 고작 두 달 사귀었을 뿐이다. 나는 식욕도 잃어버렸고 친한 친구들하고도 이야기를 하기 싫었다. 그런 나를 이해할 수 없었다. 어찌할 수 없었다. 나는 집이나 학교에서 한마디도 말을 하지 않았다. 갑자기 벙어리가 되어버렸다. 그동안 나는 풀잎이 앞에서 수다쟁이였다. 극히 소심한 A형 남자인 내가 이렇게 수다쟁이가 될 수 있다는 사실을 그때 처음 알았고, 수다쟁이인 내가 싫지 않았으며, 가슴속에 든 말들을 다 털어내고 나면 시원한 바람이 몸속으로 들어온 느낌이 들었고, 머리가 개운해지면서 발걸음도 가벼웠다. 나는 누군가에게 내 마음속에 들어차 있는 자잘한 색깔의 언어들을 뱉어낸다는 것이 얼마나 소중한 일인지 알았다. 풀잎이랑 만날 때는 그런 사실을 몰랐다. 풀잎이랑 단절을 한 지 25일째 되는 날, 나는 잘 지내냐는 짧은 문자를 날렸다. 당장 보고 싶다고 하고 싶었지만 그럴 용기가 없었다. 이내 풀잎이한테서 답장이 왔다.

─진우야, 연락해줘서 고마워. 보고 싶어, 그냥, 그냥, 그냥, 그냥……

 우리는 그렇게 다시 만났다. 풀잎이는 애써 웃으려고 하였고 그렇게 창백한 웃음이 나를 더 서글프게 하였다. 우리는 만나서 두 시간이 넘도록 걸었다. 풀잎이를 만나면 쏟아내려고 했던 말들도 나오지 않았다. 풀잎이는 배가 고프다고 하였다. 혼자가 아니라서 금세 배가 고프다고 하였다. 그제야 나는 풀잎이가 홀몸이 아니라는 사실을 깨달았다. 풀잎이는 급하게 떡볶이를 먹었다. 순대도 2인분이나 먹었다. 겉으로 보기에는 임산부임을 전혀 알 수 없었다. 우리는 다시 걸었다. 무슨 말이든 하고 싶었다. 그러다가도 풀잎이가 임산부라는 생각을 하기만 하면 머릿속이 까매졌다. 풀잎이가 먼저 입을 열었다.

 ─궁금하지? 어떻게 할지. 임신하고 단 하루도 편하게 자본 적 없어. 내 몸속으로 들어온 아기를 어째야 하는지, 하루에도 수백 번 생각이 바뀌고……. 히히히…… 너무 걱정 마. 이제는 정리됐으니까. 내 말이 무슨 뜻인지 알지? 부모님한테는 말 못했어. 그냥…… 내키지 않아. 그동안 혼자 산부인과만 수십 군데 돌아다녔는데, 다들 보호자 도장을 요구하더라. 그래서 이모한테 말했어. 그 오빠를 낳은 엄마한테…….

 나는 풀잎이랑 헤어질 때까지 아무런 말도 하지 못했다. 그냥 손을 꼭 잡아주었을 뿐이었다. 집에 와서도 풀잎이 얼굴만 떠올리곤 하였고, 임신이니 출산이니 낙태 수술이니 하는 말이 떠오르면 귀를 틀어막고 마구 고개를 흔들어댔다. 그로부터 사흘 뒤에 풀잎이한테 전화가 왔다.

—진우야, 부탁 하나 해도 돼? 진짜 어려운 부탁인데…… 응, 그래, 오늘이…… 제발 같이 가줘. 이모한테는 먼저 병원에 가 계시라고 했어. 미안해, 정말…… 병원 앞까지만. 그럼 혼자 들어갈 거야.

나는 풀잎이의 손을 꼭 잡고 이미 해가 떨어진 거리를 걸어갔다. 누군가의 손이 떨고 있었다. 그럴수록 나는 손에다 힘을 주었고, 그 떨림이 진정되기를 바랐다. 나는 풀잎이한테 아무런 위로의 말도 해주지 못했다. 막상 병원이 보이자 풀잎이는 내 손을 패대기치듯이 풀어버리고는, 그냥 혼자 가겠다고 하면서 뛰어갔다. 풀잎이의 모습이 눈앞에서 까맣게 사라지고 나서야 내 손이 부들부들 떨리고 있음을 알았다.

그때처럼 내 손이 부들부들 떨리고 있었다. 나는 두 손을 배 위에다 모아서 깍지를 끼고는 한껏 힘을 주었다. 그럴수록 손은 더 떨렸다. 여전히 사랑니는 완강하게 저항하고 있었다. 나는 깍지를 풀고 배를 쓰다듬었다. 무엇인가 배 속에서 꿈틀거리고 있었다. 어쩌면 사랑니가 배 속에도 있는지 모른다. 지금 의사의 눈에 보이는 놈은 수많은 사랑니들 중 하나일지도 모른다. 진짜 우두머리는 내 배 속 아득한 곳에 숨어서 끝까지 버티라고 지령을 내리고 있는지도 모른다. 의사는 머리를 움직이지 말라고, 계속 움직이면 더 시간이 걸린다고 타박하듯이 말하고는 다시 망치질을 하였다. 잇몸이 통째로 흔들렸다. 오늘만큼 고통스러웠던 적이 있었을까. 사랑니와 전투를 벌이는 그들은 내 의식의 뿌리마저 흔들고는 마구 망치질을 했다. 한 번만 치면 부서지겠지, 다시 한 번만…… 다시 한 번만, 다시…… 사타구니가 오그라들고 팔이 뒤틀렸다. 그래도 그들은 사정을 봐주지 않았다. 이번에는 쇠톱 같은 기계로 사랑니의 밑동을 잘라대는 것 같았다. 와아, 이건 정말 사람 죽이는 거다. 다시는 사랑니를 빼지 않으리라. 지금이라도 그만두었으면, 차라리…….

　—이야, 이런 사랑니는 처음이다. 도저히 안 되겠네. 아까 말했던 것처럼 사랑니 뿌리가 어금니 뿌리에 박혔어. 어금니가 심하게 흔들려서, 어금니를 빼야만 사랑니를 제거할 수 있겠는데…….

　그러니까 사랑니 옆에 있는 어금니부터 빼야 한다고 했다. 내가 머뭇거리자 간호사가 재빠르게 맨 바깥쪽 어금니는 없어도 전혀 불편하지 않다고 토를 달았다. 이미 나는 자포자기 상태였다. 나는 제발 아프지만 않게 빼달라고 간신히 말했다. 생니 하나쯤 희생시켜서라도 이 고통만 사라진다면, 그래 한쪽으로 밥을 먹지 못하면 다른 어금니가 있으니까 아무래도 좋다는 생각이 들었다. 나도 모르게 아랫배를 문지르다가 무엇인가 뭉툭하면서도 뾰족한 것이 느껴졌고, 순간적으로 입안에 있는 사랑니가 아니라 바로 이놈을 제거해야 한다고 소리치려고 몸을 비틀었다. 곧바로 의사가 몸을 똑바로 하라고 말했고, 나는 마취에서 덜 풀린 채 병원을 나오는 풀잎이를 떠올리면서 마음속으로 부르짖었다.

아, 얼마나 아팠을까, 넌, 넌, 넌…… 자궁 속에 있는 사랑니를…… 아, 아, 아…… 난 한 번도 그런 생각 하지 않았어. 네가 수술하러 가는 날까지, 내 앞에서 막 뛰어가는 너를 볼 때까지. 은근히 너를 미워하기도 했어. 왜 나를 그런 일에 끌어들이는지…….

얼마나 힘들었을까. 난 정말이지 한 번도 한 번도 풀잎이가 겪었을 아픔에 대해서 고민하지 않았다. 낙태 수술이라는 단어 한 번 인터넷에 검색해보지 않았고, 수술을 하고 풀잎이가 이모 차를 타고 사라지는 모습을 멀리서 바라보았을 때에도 다 잘된 일이라고, 나하고도 편하게 만날 수 있을 거라는 생각만 하였을 뿐.

다시 펜치가 입안으로 들어오더니 뿌지직 나무뿌리가 뽑히는 듯한 기분과 함께 그 엄청난 전쟁은 끝이 났다. 의사는 이 전투에서 이겼다는 환호성보다는 간신히 적을 제압했다는 안도의 한숨을 내뱉으면서 조금만 참으라고 했다. 의사는 사랑니가 빠져나간 빈 구덩이를 실로 꿰맨 다음 솜뭉치를 밀어 넣었다. 의사는 두 시간 동안은 솜뭉치를 물고 있어야 하며 절대 침을 뱉어서는 안 된다고 하였다. 무조건 삼키라고 하였다. 나는 간신히 몸을 일으키면서 사랑니를 보고 싶다고 하였다. 의사가 마스크를 벗으면서 웃더니 사랑니를 핀셋으로 집어서 보여주었다. 눈물이 핑 돌았다. 사랑니를 뺀 아쉬움인가, 생니를 뽑아낸 서글픔인가. 빨갛게 잇몸 살이 붙은 사랑니의 뿌리는 참으로 거대했다. 아무런 죄도 없이 뽑힌 어금니보다 더 컸다. 무시무시했다. 지금까지 내가 뽑아본 젖니하고는 비교할 수 없을 정도로 컸다. 의사는 사랑니 뿌리가 끊어질까 봐 긴장했다고 하면서, 만약 사랑니 뿌리가 끊어져버리면 수술을 해야 한다고 말끝을 흐렸다. 나는 억지로 웃으면서 그걸 달라고 했다. 기념으로 간직하겠다고 간신히 말했다. 의사는 간호사에게 사랑니랑 어금니를 담아주라고 말을 하고는, 요즘은 이렇게 자기 이를 가져가는 사람이 많다고 하면서 나를 보았다.

─이를 가져가서 귀걸이나 목걸이를 하기도 하지요. 주로 젊은 사람들이 그러지만, 어쨌든 자기 몸에서 같이 살았던 것들을 소중하게 간직한다는 건 좋은 것 같아요.

나는 다시 동의한다는 웃음을 흘리고는 풀잎이를 떠올렸다. 풀잎아, 하고 부르고 싶었다. 풀잎아, 너는 아기를 보았니, 하고 묻고 싶었다. 풀잎이는 아기를 보았을까. 낙태 수술은 어떻게 할까. 살아 있는 아기를 어떻게 할까. 사랑니처럼 망치로…… 그러니까 살아 있는 아기를 죽인 다음에 끄집어낼까. 아니면, 아니면, 살아 있는 그대로 끄집어내서 죽도록 내버려둘까.

풀잎이는 낙태 수술을 하고 한 달 정도 나를 만나지 않았다. 우울증이 심해서 신경정신과에 다닌다고 메일만 보내왔다. 뱃속에서 날마다 꼼지락거리는 것이 빠져나가면 후련해질 줄 알았는데, 더욱 배가 아프고 머리도 아프고 가슴이 아파서 잠을 잘 수 없다고 하였다. 우울증 약을 먹으면 정신이 멍해지면서 배도 아프지 않고 머리도 아프지 않았지만 가슴이 아픈 건 사라지지 않는다고 하였다.

　—지금보다 나중이 더 두려워. 나중에, 나중에, 내가 다시 아기를 임신할 수 있을까. 내가 정상적으로 아기를 낳을 수 있을까. 키울 수 있을까. 두려워. 아마 내 유방 속에 아기의 뼈들이 남아 있는 것 같애. 뼛조각들이랑, 발톱이나 손톱이나 어금니 같은 것들이…… 쿡쿡 쑤셔대는지도 몰라. 아마 내 평생 이럴 것 같애.

　그런 메일을 읽으면서도 나는 풀잎이의 아픔을 이해하려고 하지 않았다. 풀잎이의 임신하고 나하고는 전혀 관계가 없으며, 이제 낙태 수술을 하였으니까 시간이 흐르기만 하면 모든 게 정상으로 돌아올 것이라고, 아파하는 풀잎이를 이해하려고 하지 않았다. 아니 이해할 수가 없었다. 그녀의 한마디 한마디는 나하고 너무도 멀리 있는 단어들이었다. 나는 풀잎이가 임신이나 낙태하고 관련된 말들을 그만하기를 바랐다. 그랬기에 낙태 수술을 하고 한 달 만에 만난 풀잎이를 보고도…… 힘들었지, 혹은 괜찮아, 혹은 잘 이겨냈어, 혹은 이제 다 좋아질 거야, 혹은 내가 별로 도와주지 못해서 미안해, 혹은 꿈이었다고 생각해…… 그런 말 한마디 해주지도 못했다. 예전보다 훨씬 수척해진 몰골로 내 손을 잡자, 제발 내 손이 떨리지 않기를 바랐을 뿐이다. 그랬다. 나는 풀잎이의 아픔을 단 1퍼센트도 이해하지 못하면서도 친구인 척했다. 나한테는 풀잎이의 아픔을 이해하고 어루만져줄 아무런 의무감이 없다고 아예 멀찌감치 거리를 두고 있었는지도 모른다. 결국 나는 풀잎이라는 여자의 껍데기만을 좋아하고 있었는지도 모른다. 그래서 풀잎이가 아이를 낳아버릴걸, 이렇게 힘들 줄 알았으면 낳아버릴걸, 후회한다고 했을 때에도, 이 시기만 지나가면 다 괜찮아질 거라고, 자꾸만 화제를 다른 곳으로 돌리려고 했다. 나는 풀잎이의 몸에서 잠시 살다가 빠져나간 생명체랑 내가 좋아하는 풀잎이라는 생명체를 명확하게 구분하고 싶었다. 서로 전혀 상관없는 것들이라고. 다행히도 풀잎이는 시간이 흐르면서 조금씩 밝아졌지만 지금도 신경정신과 치료를 받고 있다. 나는 풀잎이한테 몇 번이나 그만 치료받으라고 하였다. 풀잎이 입에서 신경정신과라는 말만 나와도, 신경정신과 간판만 보아도 짜증이 났다. 대체 언제까지 그런 구질구질한 것들이 풀잎이를 따라다닌단 말인가. 나는 철저하게 풀잎이를 이해하려고 하지 않았다.

풀잎이가 보고 싶다. 그런 풀잎이가 보고 싶다.

오늘처럼 풀잎이가 간절하게 보고 싶었던 적이 없었다.

—풀잎아, 보고 싶어, 그냥, 그냥, 그냥, 그냥…….

—진우야, 어디야? 나 학원인데 지금 달려갈게.

화장실 거울에 드러난 내 볼은 퉁퉁 부어 있었고 갓 출산을 하고 나온 여자들처럼 시퍼렇게 멍이 들어 있었다. 아, 이제 고통이 끝날 줄 알았는데, 생고름 빼내는 아픔은 끝난 줄 알았는데, 마취가 풀리면서 다시 아프기 시작했다. 어딘가에 숨어 있었던 치통들이 암살당한 자기 주인을 돌려달라고 공격해올수록 내 걸음걸이는 빨라졌고, 목구멍으로 쏟아지는 끈끈한 타액들을 억지로 삼켰다. 그럴수록 치통은 집요하게 파고들었다. 신은 인간에게 왜 고통을 천적으로 보냈을까. 사랑니도 빠져나가 버렸는데 패잔병이나 다름없는 치통들이 이렇게 맹렬하게 반격을 하다니, 이럴 줄 알았으면 사랑니를 빼지 않았을 거야, 괜히 어금니까지 뺐어. 이 돌팔이 같은 놈들…… 제발 그만, 제발 그마안, 너무 아파, 아파, 아프다고. 항복이라고, 항보옥. 그만 좀 해. 야, 항복이다, 항복, 항복, 항보옥……!

　—진우야, 어디니? 왜 답장 안 해!

그들이 다시
만났을 때

지하철 역사에서 나오자 눈이 부셨다. 사람들에게 눈요깃감으로 길들여져 한평생 편안한 삶을 보장받은 벚나무들은, 그 은혜에 보답하듯이 작은 새 한 마리 앉아서 편안하게 쉴 틈이 없을 정도로 빽빽하게 꽃을 피우고 있었다. 그 아래로 수많은 사람들이 걸어가고 있었다. 주로 민우 또래였다.

안녕 내 사랑 그대여 이젠 내가 지켜줄게요
못난 날 믿고 참고 기다려줘서 고마워요

사귄 지 백 일째 되는 날, 멀미를 일으킬 정도로 억센 산바람이 흙냄새 풀 냄새를 버무려서 몰아치던 지리산에서, 민우의 손을 꼭 그러쥐면서 정숙이가 불러주던 노래다. 휴대전화 액정 화면에 '정수기'라고 쓰여 있다.

"어디야? 아직 도착 안 했어?"

"다 왔어. 미안해."

"소중한 친구들이라고 하니까 낮에는 양보하지만, 저녁에는 약속을 꼭 지켜야 해."

민우는 정숙이 얼굴을 떠올리면서 알았다고 속삭였다. 정숙이만 생각하면 머리가 환해지는 마법의 약을 먹은 기분이 들었다. 정숙이는 그런 존재다.

민우는 약속 장소인 2층 카페 계단을 올라가다가 시간을 확인했다. 약속 시간까지는 10분 정도 여유가 있었다. 민우는 발바닥에다 힘을 주면서 크게 숨을 들이마셨다. 그리운 친구들을 만나러 왔는데 왜 이렇게 긴장이 되는지 모르겠다.

민우, 동우, 선우는 초등학교 4학년 때부터 허물없는 동무가 되었다. 공교롭게도 이름이 모두 '우' 자로 끝나서 삼총사 운운하면서 쉽게 친해질 수 있었다. 하나의 자석에 달라붙은 쇠처럼 붙어 다니던 그들은 중학교 2학년 겨울방학 때부터 분열되기 시작했다. 먼저 선우가 좋은 고등학교에 배정받기 위해서 강남으로 갔으며, 민우도 서울 근교에 있는 전원주택으로 떠났고, 동우만이 그자리에서 움직이지 않았다. 그 뒤로는 한 번도 만나지 않았다. 얼마 전부터 민우는 그 친구들을 떠올리기 시작했다. 특히 동우의 삶이 궁금했다. 셋 중에서 가장 공부하는 맛을 알았고, 또래답지 않게 생각도 깊었다.

민우는 입술을 사리물었다. 적어도 그 친구들이랑 헤어질 때의 혼란스러운 모습은 아니다. 예전보다 밝아졌고 건강해졌다고 확신했다. 이런 자기 모습을 보여주고 싶어서 민우가 먼저 나섰다. 어렵사리 연락이 되었지만 약속 날짜를 잡기가 어려웠다. 동우 때문이었다. 동우는 이러저러한 핑계를 대더니 오늘밖에 시간이 없다고 하였다. 민우는 오늘이 정숙이 생일이라서 곤란했으나 어렵게 양해를 구했다. 그래야만 정숙이 앞에서도 더 당당해질 수 있을 것 같았다. 온몸에 새살이 돋아서 더 새로워진 자신의 존재를 친구들에게 확인받고 싶었는지도 모른다.

민우는 카페 안으로 들어가서 두리번거리다가 창가에서 선우가 흔들어대는 손을 보았다. 옷차림이 달라진 게 없다. 청바지야 그렇다 쳐도 선우는 유독 하얀 티셔츠를 즐겨 입었다. 때도 잘 타고 나이 들어 보이는 하얀 티셔츠를 즐겨 입는다는 게 그때는 특별해 보였다. 지금까지도 그런 옷을 입고 다니다니 어지간한 놈이다. 민우 가슴속에서 뭔가 꿈틀거린다. 뭔가 간질거리면서도 기쁠 때 터져 나오는 울음처럼 그리움처럼 간절한 감정이 욱 치밀어 오른다.

선우하고는 중학교 1학년 여름방학 때부터 거의 만나지 못했다. 이사하던 날 잘 가라는 문자 메시지를 받았을 뿐이다. 나중에

커서 당당하게 만나자는 내용과 함께, 힘든 시기에 같이 있어주지 못해서 미안하다고. 민우는 그런 선우의 마음을 안다. 그래서 서운해하지 않았고, 도리어 자기 때문에 더 이상 학교생활에 지장이 없기를 바랐을 뿐이다. 민우는 그런 감정을 가라앉히고 손을 쭉 뻗어 반갑다고 악수를 했다. 선우가 허리를 펴자 머리가 등갓에 닿았다. 으악! 민우보다 두 뼘은 커 보였다. 중학교 때까지만 해도 민우가 가장 컸고, 그다음에는 동우였고, 선우는 가장 작았다.

"왜 이렇게 큰 거야? 너희 형도 작잖아? 니네 부모님도 큰 편은 아닌데."

"작년에 컸어. 갑자기 음식이 땡기더라고. 학교에서고 집에서고 그냥 닥치는 대로 먹었어. 우유를 하루에 열 잔 이상 먹은 적이 많아. 그랬더니 우리 형 왈, '이 자식이 죽순 같네. 자고 일어나면 팔다리가 쭉쭉 늘어난다!' 하더군. 그렇게 컸어. 너 좋아 보인다. 늘 궁금했고, 솔직히 조금은 걱정도 했고, 그랬다. 사실 내가 먼저 연락하지 못한 것도, 니가 어떻게 지낼까, 잘 적응하지 못하면…… 괜히 두려웠어. 어차피 힘이 되어주지도 못할 거면서."

"이 자식, 내가 무슨 사회 부적응자라도 되는 것처럼 말하네."

"아니, 그런 뜻이 아니고."

"안다, 알아."

민우는 메뉴판을 들고 커피를 고른 다음 선우 앞으로 내밀었다. 선우가 웃어주었다.

민우는 어디 모난 데 없이 순한 아이였다. 처음 보는 보험 아주머니의 품에 안겨서도 방글방글 웃을 정도로 낯가림도 없었고, 주위 아주머니들이 민우 같은 아이라면 열도 키우겠다고 할 정도로 잠도 잘 자고 울지도 않았다. 학교에서도 늘 친구들을 주렁주렁 달고 다녔다. 그랬기에 중학교 때 찾아온 그 악몽이 더욱 버거웠는지도 모른다.

중학교 1학년 1학기 중간고사가 끝나던 날이었다. 동우한테서 문자 메시지가 왔다. 주완이랑 오늘 맞짱 뜨기로 했으니 같이 가자고 했다. 민우는 당연히 같이 가겠다고 답했다. 약속 시간에 교문 앞에 가보니 선우도 나와 있었다. 선우는 자꾸만 안경테를 밀어 올리며 불안한 얼굴을 문질러댔고, 지금이라도 화해하라는 투로 더듬거렸다. 동우는 단호했다. 꽉 다문 입을 보니 어떤 각오로 나왔는지 알 수 있었다. 동우는 주완이가 너무 괴롭혀서, 여기서 참는다면 자기는 스스로에게 '나는 바보다! 인격도 자존심도 없는 놈이다!' 하고 선언하는 거나 다름없다고 말했다. 주완이가 동우를 괴롭히는 이유가 같은 반 여학생들이 동우를 남자 얼짱으로 지목했기 때문이라고 하자, 민우는 어처구니가 없었다.

학교 뒤편 배드민턴장에는 주완이가 자기 패거리 다섯 명의 호위를 받고 있었다. 쪽수에서 밀렸다. 민우는 누군가를 더 데려왔어야 한다고 동우를 흘겨보았으나, 정작 당사자인 동우는 전혀 개의치 않는 표정이었다. 동우는 망설임 없이 웃옷을 벗어 민우한테

주고는 권투하듯이 두 주먹을 쥐고 폴딱폴딱 뛰었다. 주완이는 왼쪽 볼을 찡그리며 씩 웃었다. 너는 오늘 죽었다는 표정이었다.

"너 어디 깨져도 나중에 지랄하지 마라. 치사하게 부모님 물고 늘어지고 경찰서 오고 가고, 그런 더러운 짓 할 거면 지금 그만두자."

"씨발 놈아, 너나 그러지 마라. 어서 덤벼, 새끼야!"

동우는 기 싸움에서도 밀리지 않았다. 보통 때는 몰랐는데 지금 보니 동우의 가슴이랑 어깨 근육은 제법 깡다구가 있어 보였다. 그에 비해서 주완이는 동우보다 키가 조금 컸을 뿐 깡마른 체구가 볼품없었다. 은연중에 민우는 안심이 되었다. 둘은 신경전을 펼치는가 싶더니, 주완이가 자신의 주 무기인 돌려차기로 기습 공격을 하였다. 동우는 상대에 대해서 많은 연구를 했는지 당황하지 않고 살짝 고개 숙여 피하더니, 주완이 다리를 재빠르게 잡고는 나머지 발을 걸어서 내동댕이쳤다. 땅에서 서너 바퀴 구른 주완이 얼굴이 빨개졌다. 선우가 저도 모르게 환호성을 질렀고, 주완이 패거리들은 저런 애송이한테 당하다니 뭐하냐고 투덜거렸다. 주완이는 침을 뱉으며 일어서더니, 이번에야말로 끝장내겠다는 투로 기합을 넣으면서 주먹을 휘둘렀다. 동우도 피하지 않고 맞불을 놓았다. 누가 더 맞고 누가 더 우세한지 알 수 없었다. 민우가 보기에는 동우가 더 많이 맞았지만 충격은 주완이가 더 입은 것 같았다. 시간이 지날수록 그런 느낌이 들었다. 동우는 맞아도 끄떡없고, 주완이는 한 대만 맞아도 뒤로 물러났다. 주완이는 당황하기 시작했고, 자꾸만 고개를 숙이고 뒷걸음질 치더니 비명을 지르며 뒤로 발라당 넘어져 버렸다. 옆에서 응원하던 패거리들이 어서 일어나라고 소리치고 마구 욕설을 퍼부었다. 주완이 패거리들은 어서 일어나서 싸우라고 소리치더니, 그중 하나가 동우 뒤에서 주먹을 날렸다. 동우가 쓰러졌다. 다른 패거리들도 한꺼번에 달려들었다.

싸움에는 숙맥인 민우랑 선우는 당황하면서, 친구가 무참하게 얻어맞는 걸 보면서도 어쩔 줄 몰라 하고 있었다. 민우가 비겁한 놈들이라고 소리치면서 달려들었을 때는, 동우는 모든 걸 포기한 채 버둥거림도 멈춘 상태였다. 선우도 가세하였으나, 수적 열세 때문인지 아니면 싸우는 요령이 부족해서인지 셋은 나란히 누워 있었고, 그 위에서 주완이 패거리들이 배를 깔고 앉아서 마구 주먹질을 하였다. 사람들 눈에 띄지 않았더라면 무슨 일이 벌어졌을지 모른다.

셋 중에서 민우 얼굴이 가장 많이 터지고 부어올랐다. 놀랍게도 선우는 긁힌 곳 하나 없이 말짱했고, 동우는 코피가 터지고 왼쪽 눈 밑에 파란 멍이 들어 있었다. 선우는 이럴 줄 알았다면서 동우를 탓했고, 동우는 미안하다고 피 섞인 침을 뱉어냈다.

어머니는 그런 민우 얼굴을 보는 순간 미라처럼 창백해지면서 누구랑 싸웠냐고 다그쳤다. 민우는 입술에다 굳게 힘을 주었다. 아버지가 와서야 자초지종을 떠듬떠듬 풀어놓았다. 아버지는 맥주 한 잔을 따라주면서 더 이상 다른 문제가 없으면 됐다고 마무리하였다. 어머니가 이 정도면 그냥 넘어가서는 안 된다고 소리쳐도, 아버지는 아이들이 다 싸우면서 크는 거 아니냐고 어머니를 달랬다.

그로부터 사흘이 지났다. 학교에 가자마자 담임 선생님이 교무실로 불렀다. 동우하고 선우도 와 있었다. 동우는 오른쪽으로 약간 무게중심이 기운 것처럼 고개를 푹 떨구고 있었다. 조금 있으니까 주완이하고 그의 어머니로 보이는 40대 후반의 화장발 짙은 여자가 들어왔다. 그 여자는 세 아이를 보자마자 욕설을 퍼부으면서 왜 우리 아들을 이런 꼴로 만들어놓았냐고 매섭게 다그쳤다. 교감 선생님이 와서 겨우겨우 달랬다. 주완이는 오른손으로 오른쪽 턱을 감싸고 있었다.

여러 선생님이 와서 웅성거렸다. 민우는 2반이었고, 동우는 1반, 선우는 4반이었기 때문이다. 각자 담임 선생님들이 와서 세 사람을 앉혀놓고는, 길가에서 예쁜 꽃을 피운 야생화를 파내기 위해서 여기저기 헤집어대는 것처럼 캐묻기 시작했다. 조금만 마주하면서 말 붙여보면 왜 몸이 꼬챙이인지 알 수 있을 정도로 예민하고 삶에 여유가 없어 보이는 담임 선생님은 서른다섯 노처녀다. 민우는 선생님 물음에 대답을 하면서도 이게 아닌데 하고 자꾸만 주위를 두리번거렸다. 주완이와 그 패거리들은 보이지 않고 실컷 두들겨 맞은 못난 친구들만 끌려온 것 자체부터가 납득할 수 없었다. 선생님은 사람의 몸에서 농부하고 다름없는 주완이 이가 세 개나 흔들린다고 하였다. 그러니까 보통 문제가 아니라고 겁을 주었다. 민우의 뇌리 속에는 한 방이라도 제대로 상대방을 때린 기억은 없었고 온통 얻어터진 부끄러운 기억들뿐이었다. 민우는 일방적으로 맞은 건 자기들인데 왜 집단 폭행을 한 당사자들은 조사하지 않냐고 따졌다. 선생님은 픽 웃으며 그 학생들은 이미 조사를 마쳤다고 했다. 그러면서 수학 선생님답게 더욱 냉정해지더니, 싸움은 누가 많이 때리고 더 많이 얻어맞았냐, 하는 게 중요하지 않다고 했다. 누가 더 많이 다쳤는가, 병원에 가서 진단서를 끊었는가, 바로 그 결정적인 문서가 가해자와 피해자를 가름한다고 했다. 결국 주완이가 진단서를 끊어 왔기 때문에 너희들이 가해자라고 수학 공식을 풀어가듯이 설명했다. 무지무지 황당했다.

민우도 병원에 갈 만큼 아팠다. 특히 코가 아파서 어제까지만 해도 제대로 세수도 못했다. 온몸에 드리워진 멍이야 지금도 수십 군데나 남아 있다. 그래도 민우는 병원에 가지 않았다. 어머니가 끌고 가려고 해도 뿌리쳤다. 이럴 줄 알았다면 민우가 앞장서서 갔을 것이다.

1교시가 끝나갈 즈음에는 민우 어머니까지 학교로 불려 왔다. 주완이 어머니는 엄청난 금액의 치료비를 요구하였다. 아무리 세 아이가 일방적으로 맞았다고 하소연해도 소용없었다. 학교에서는 세 아이를 불량 학생으로 몰아가려는 기미까지 엿보였다. 민우 어머니는 그것 때문에 더 분노했다.

"맞은 학생의 이가 흔들린다고 하니까 그 돈은 해줄 수 있는데, 그까짓 싸움 한 번 했다고 애들을 불량 학생으로 몰아가느냐 이겁니다. 아이들이 싸울 수도 있는 거지, 무슨 조직폭력배한테 맞은 것처럼. 아니, 자기들끼리 맞짱 뜨자고 해서 싸웠다고 하잖아요."

민우 어머니는 교장 선생님 앞에서 눈시울을 적시는 굴욕적인 연극까지 해대면서 호소했으나 기울어진 대세를 다시 일으켜 세울 수는 없었다.

그날부터 밤만 되면 세 친구의 부모님이 모여서 대책을 의논하였고, 늘 술에 취해서 대한민국의 교육 현실을 성토했다. 그들은 주위에 줄이 닿는 변호사는 물론 의사, 경찰까지 총원동하여 이 사건을 자기들 뜻대로 풀어가려고 하였지만, 이미 상대방은 그럴 변수에까지 대비해놓은 상태였다. 결국 그들은 한숨만 몰아쉬면서 술만 마셔대기에 급급했다.

아이들은 세 번이나 경찰서에 불려 갔다. 민우 어머니가 더 화가 난 건 다른 부모들 때문이었다. 그분들은 문제가 더 커지는 것을 원치 않는다고 하면서 서둘러 합의하기를 원했다. 아이가 경찰서에 오락가락하는 행위 그 자체가 좋지 않으니까, 조금 손해를 보더라고 합의를 하겠다는 뜻이었다. 특히 선우 어머니는 동우 때문에 이런 일이 벌어졌으니, 그쪽에서 서둘러 합의를 보라고 은근히 몰아붙였다. 동우 어머니는 그 말에 서운해하면서 이런 일에 누구누구의 잘못이 어딨냐고 되받아쳤다. 자칫 선우 어머니와 동우 어머니가 감정의 골이 깊어질 뻔했다. 그걸 민우 어머니가 나서서 진정시켰다. 어쨌든 같이 싸웠으니까, 문제를 같이 마무리 짓자고 하였다. 하지만 동우 어머니는 민우 어머니 몰래 주완이 부모님을 만나 합의를 하고야 말았다. 그 정도로 정리가 되었더라면 누구나 한두 번 거쳐 가는 싸움에 대한 추억으로 자리하여 성장기에 질퍽질퍽한 자양분이 되었을지도 모른다. 안타깝게도 그 사건은 덧나고 덧나면서 민우의 모든 생활을 옭아매기 시작했다.

민우는 자꾸만 뻗어 오는 기억을 잘라내려고 애를 썼다. 오늘은 좋은 생각만 하고 재미있는 말만 하려고 했다. 그게 마음대로 되지 않는다. 그렇지 않아도 중학생들만 보면, 나는 중학교 시절이 없다고 중얼거리는 게 버릇이 되었다. 민우는 중학교 졸업 앨범도 사지 않았다. 그만큼 그 시절을 잊고 싶었다. 반납할 수만 있다면 미련 없이 던져버리고 싶은 심정이었다.

호주머니에서 문자 메시지가 왔다는 휴대전화 신호음이 울린다. 민우는 그 지긋지긋한 과거에서 도망쳐 나올 기회라고 판단했는지 얼른 휴대전화를 끄집어냈다. 동우였다.

—미안하다. 갑자기 일이 생겨서 늦을 것 같다. 나 신경 쓰지 말고 둘이 맛있는 거 먹어라.

조금은 실망스러웠다. 민우는 약속 시간이야말로 타인과의 관계에서 서로 공감대를 이루는 최소한의 예의라고 생각하는데, 동우가 이렇게 시간 개념이 없을 줄은 몰랐다. 선우가 불평했다.

"이 자식, 이거 너무하는 거 아냐! 자주 만날 수 있는 것도 아니고."

민우는 애써 웃으면서 우리가 이해하자고 선우를 다독거렸다. 선우는 뭔가 터져 나오려는 말을 꾹 삼킨 뒤 손목시계를 핼끗 보면서 말했다.

"어쨌든 너는 대학생 같구나. 그냥 그런 느낌이 들어. 나는 좋은 대학에 가려고 죽 빠지게 공부에 매달리는데, 너는 우리 같은 생활을 훌쩍 건너뛰어서 막바로 대학 생활을 누리는 것 같애. 잘은 모르지만 요새는 신문이랑 텔레비전에도 대안 학교에 대해서 자주 나오더라."

"그렇게 보일 수도 있는데, 내가 가장 좋은 건 일반 학교처럼 학생이 들러리가 아니라는 거야. 선생님들하고도 언제든지 하고 싶은 말을 하고, 모든 규칙을 선생님들이 일방적으로 정하고 끌어가지 않는다는 거, 무엇보다도 공부 못해도 위축되지 않고 자유로울 수 있다는 거. 그래, 그런 것들이 편해. 사실 학교란 공부 못하면, 아무리 다른 뛰어난 재능이 있고 인간성이 좋고 다른 장래성이 있어도 소용없잖아? 한 사람이 가진 수억 수천만 가지의 생각, 특징들이 공부 앞에서는 무기력해지잖아."

"꿈만 같구나. 좋겠다! 그나저나 대학은? 진짜 대학은 어떻게 하냐? 나도 대안 학교가 부럽기는 하지만, 현실적으로 대학 못 가면 다 소용없는 거 아냐? 그게 문제잖아? 우리 엄마도 그런 말을 하시더라. 오늘 너 만난다고 하면서 대안 학교 다닌다고 했더니."

"나 만난다고 하니까, 네 엄마가 못 만나게 하지 않았냐?"

민우는 그 말을 해놓고 괜히 했다고 자기 뒷덜미를 긁적거렸다. 선우가 왼쪽 볼을 찡그렸다.

"그럼, 자식아! 엄마가 가끔 네 이야기했어. 어디서 학교 잘 다니는지 모르겠다고, 착한 아이였는데. 진짜야. 너를 못 만나게 했을 때에도 너를 나쁘게 봐서 그런 게 아니야. 그냥 그때 분위기가 그랬잖아. 나는 그때 네가 너무 과민 반응한다고 생각했어. 뭐 주완이 같은 놈도 있으려니 하고 넘어가기를 바랐어. 처음에 너하고 붙은 것도 아니니까, 네가 다시 주완이하고 붙을 필요는 없었잖아? 이제 와서 하는 말이지만."

민우는 눈을 감았다. 주완이가 떠올랐다. 왜 자꾸만 그 기억이 덧나는지 모르겠다. 민우는 입술을 깨물었다. 그래, 피한다고 기억이 사라질 리도 없다, 오늘 다 털어내 버리자, 그렇게 정리를 한 다음 입을 열었다.

"야, 나라고 싸우고 싶었겠냐? 너도 알다시피 난 그때까지 누구랑 일대일로 싸워본 적이 없었어. 근데 주완이가 자꾸 건드려. 그 새끼들이랑 한판 붙고 나서 한 달쯤 지났을까, 한번은 점심 먹고 화장실에 가서 오줌을 누고 있는데, 누군가 옆으로 스쳐 가면서 교복 바지에다 뭔가 쑤셔 넣더라고. 헬끗 돌아다보니까 주완이야. 기분 나빠서 손으로 호주머니를 쑤셔보니 담배꽁초야. 바로 그때 올빼미눈이 들어온 거야."

올빼미눈은 당시 체육 선생님의 별명이었다. 민우는 담배꽁초를 버리지도 못하고 엉거주춤 있다가 다시 호주머니 속으로 밀어 넣었다. 선생님이 와서 손을 내밀었다. 선생님이 오함마만큼이나 위력적인 주먹으로 머리를 쥐어박았다. 선생님은 그렇게도 담배가 맛있냐고 비웃더니 민우 콧구멍에다 꽁초를 밀어 넣고는 기어이 교무실로 끌고 가서 담임 선생님에게 인계하였다. 담임 선생님은 뭐 이까짓 일로 학생의 목덜미를 잡고 교무실까지 끌고 오냐는 식으로 불쾌한 표정을 짓더니, 그 화풀이를 민우한테 해댔다. 담배 피워도 좋으니까 제발 눈에만 띄지 말라고, 주변 선생님들이 듣든 말든 쏘아붙였다. 민우는 아무런 말도 하지 못했다. 그저 속으로, 주완이 그 새끼를 갈아 마시겠다고, 요절을 내겠다고 으르렁거렸을 뿐이다.

"그때 주완이 그 자식을 가만두지 않겠다고 작정했어. 과연 내가 주완이하고 맞설 수 있을까 하는 불안감도 있었지만 분노가 더 컸어. 그때부터 어떻게 혼내줄까, 권투나 태권도 같은 운동을 배울까도 생각했는데, 그걸 배워서 써먹을 때까지 기다릴 수 없었어. 그러다가 우연히 쌍절곤을 떠올린 거야. 우리 아빠가 학생 시절에 가지고 놀았다는 쌍절곤을 베란다에서 본 기억이 난 거야. 지금 돌이켜보면 그때는 내 정신이 아니었나 봐. 진짜 쌍절곤을 찾은 순간 천만 대군을 얻은 기분, 그래, 그런 기분이었어. 미세하게 가슴이 떨리면서도 손으로 힘이 모아지는데, 주완이 너는 죽었다고 얼마나 중얼거렸는지 몰라. 쌍절곤 쓰는 법을 따로 배울 필요도 없었지. 그걸로 그냥 곧장 후려치기만 하면 된다고 생각한 거야."

다음 날 민우는 주완이한테 다짜고짜 이번에는 나랑 한판 붙자고 결연한 표정을 지었다. 그리고는 주완이의 대답도 기다리지 않고 돌아섰다. 그날 오후 민우는 혼자 학교 뒷산으로 걸어갔다. 종이에 싸서 허리춤에 쑤셔 박은 쌍절곤을 다시 확인했다. 싸움 장소로 정한 무덤가에서 아무리 기다려도 주완이는 오지 않았다. 맥이 풀렸다. 30분쯤 기다리다가 산을 내려오는데 앞쪽에 체육 선생님이 보였다. 그 뒤로 주완이가 쫄랑쫄랑 따라왔다. 피할 수도 없었다. 체육 선생님이 곧장 민우한테 질러왔다.

"그걸로 끝이었어. 비참한 결말. 올빼미눈이 내 허리춤에서 쌍절곤을 끄집어내서 툭툭 내 머리를 건드렸고, 주완이는 실실 승리의 미소를 날리고. 그날처럼 비참했던 날은 아마 없었을 거야. 올빼미눈은 나를 체육관으로 끌고 가더니, 너는 무슨 파냐 하고 집요하게 묻기 시작했지. 처음에는 그 말이 무슨 뜻인지 몰랐다가 나중에서야 알았어. 나를 무슨 폭력배로 몰아가고 있더라. 진짜 얼마나 황당했는지. 내가 왜 쌍절곤을 들고 나오게 되었는지 아무리 말해도 올빼미눈은 듣지 않더라고. 오히려 닦달만 했어. 저번에 패싸움을 한 것을 예로 들면서 동우랑 너까지 들먹이는데, 순간 정신이 번쩍 들었어. 괜히 나 때문에 너희들에게 화가 미칠까 두려웠어."

"아, 그런 일이 있었구나. 난 그것도 모르고. 체육 선생님이 자꾸만 불러내서 너 무슨 파냐고, 민우하고 동우랑 어디서 무슨 파를 만들었냐고 다그칠 때 너만 원망했어. 왜 쓸데없이 일을 키우고 있나 하고. 그런 일 있었으면 말 좀 하지 그랬냐!"

"야, 그때 너하고 편하게 만날 수나 있었냐? 너는 아예 나랑 동우하고 거리를 두고 있었고, 조금이라도 붙어 다니다가 너희 엄마 눈에 띄면…… 아니다, 그런 이야기까지 할 필요는 없고, 어쨌든 졸지에 조폭 아닌 조폭이 되어버렸지. 너희 부모님도 학교 오시고, 동우 부모님, 우리 부모님……."

생각만 하면 머리를 지탱하고 있는 뼈들이 흐물흐물 녹아내릴 것만 같다. 그런 시절을 어떻게 지나쳤는지, 끔찍하다. 민우는 당시 조폭의 끄나풀로 찍혔다. 민우는 너무너무 괴로웠다. 민우 어머니랑 선우 어머니는 서로에게 치명적인 상처를 줄 수 있는 가시투성이 말대포를 날리기 시작했고, 선우는 당분간 만나지 말자는 메시지까지 보내왔다. 동우는 좀 덜한 편이었지만, 역시 위축되어 있었다. 그때부터 민우는 문제아 족보에 당당하게 이름을 올렸고, 새 학기가 되거나 학교 폭력 때문에 사회적으로 큰 문제가 생기면 단골로 선생님들에게 불려 다녔다. 한번은 인근 파출소에서 경찰이 와서 부른 다음 이것저것 캐묻기도 하였다. 민우는 '학교 조직폭력배 자진 신고 기간'이라는 현수막만 보면 가슴이 칵칵 막혔다. 신문이나 텔레비전에서 그와 비슷한 말만 나와도 소화가 되지 않았고 결국은 토하기까지 하였다. 학교가 무서웠다. 민우는 어머니에게 학교 가지 않겠다고 버럭버럭 소리 질렀다. 학교만 가면 정신이 돌아버릴 것만 같았다.

속 시원하게 옹이 진 속마음을 털어놓고 싶어도 그걸 받아줄 선생님이 없었다. 억울해서 학교 담이라도 들이받고 싶었다. 동우도 달라지고 있었다. 윗옷을 벗어 던지고 주완이한테 덤비라고 짜랑짜랑 소리치던 강단진 눈빛은 찾아볼 수 없었다. 한번은 같이 가다가 주완이랑 마주쳤는데, 주완이가 찌그러진 깡통 얼짱 운운하면서 비웃어도 아무런 대거리를 하지 않았다.

"그때는 동우가 왜 그렇게 비굴해지는지 진짜 이해할 수 없었어. 그래서 동우가 더 보기 싫더라. 야, 이제 그만하자. 그런 이야기는 더 이상 하고 싶지 않다."

민우는 거기까지 매듭을 지었다. 선우도 고개를 끄덕였다.

"그래, 이제 그 이야기 그만하자. 무엇보다 너를 만나 이런 이야기 하니까 후련하다. 늘 마음속에 짐 같은 거였어. 특히 밝은 니 얼굴 보니까, 좋다."

민우는 선우의 말이 끝나기를 기다렸다가 자리에서 일어났다. 화장실에 가서 오줌을 누고 찬물로 얼굴을 씻었다. 한결 마음이 편했다. 다시 자리로 돌아오자 선우가 손목시계를 보고 있었다.

"야, 동우 이 자식 너무 안 온다. 나 일찍 들어가 봐야 하는데."

"뭐어? 야, 3년 만에 보는 건데, 오늘 같은 날은 니네 부모님도 이해를 하시겠지."

"우리 부모님은 상관없어. 학원 선생들이 문제지."

"야, 나도 엄청 바쁜 몸이야."

민우가 뭔가 더 절실한 말을 끄집어내려고 궁리하던 차에 동우한테서 문자 메시지가 왔다.

─오늘은 그냥 너희 둘만 보고 가라. 아무래도 안 되겠어.

민우도 짜증이 났다. 아까는 오고 있다고 하더니 이제 와서 문제가 생겼다니, 동우의 진짜 마음을 알 수 없었다. 진짜 무슨 일이 생긴 건지, 아니면 핑계를 대는 건지 모르겠다. 동우가 특별하게 민우를 피할 까닭이 없다. 민우가 전학을 간다고 했을 때에도 동우는 무척 심란한 표정을 지었다. 그리고 불안하게 주위를 두리번 거리더니 이렇게 속삭였다.

"민우야, 모든 게 내 잘못이다. 내가 주완이하고 싸울 때 너희들을 끌어들이지 않았더라면 이런 일이 없었을 텐데, 괜히 나 때문에."

민우는 그런 말을 듣기 싫었다.

"야, 그딴 소리 집어치워라. 자식아! 너 요새 기가 팍 죽었더라. 그러지 마. 그게 내가 부탁하고 싶은 말이다."

이사한 뒤로도 석 달 가량 동우한테서 문자 메시지가 왔다. 민우는 서너 번 답장을 하다가 그 뒤로는 연락을 끊어버렸다. 동우뿐만 아니고 자신이 알던 모든 사람들을 한동안 묻어두고 싶었다. 그랬기에 민우한테는 오늘이 인생에 있어서 어떤 전환기가 될 만큼 특별한 날이었다. 난감했다. 이대로 돌아갈 수도 없고, 그렇다고 무작정 앉아서 기다릴 수도 없었다.

선우는 팔을 걷어붙이며 씩씩거렸다.

"난 내일 학원에서 모의고사 있단 말야. 그런데도 여기 나왔는데…… 대체 이유가 뭐야? 동우 때문에 약속 날짜도 오늘로 잡은 거 아냐? 그리고……."

그쯤에서 잠깐 말을 죽이고 망설이더니 민우를 보면서 일어설 준비를 하였다.

"너 봤으니까, 됐어. 동우야 내가 마음만 먹으면 언제든지 볼 수 있고, 또 친구들한테 소식도 들으니까. 내 말은, 너는 그동안 소식도 없었고, 그래서 오늘은 너만 보고 동우는 다음에 봐도 된다는 뜻이야."

민우도 당장 일어서고 싶었다. 그래도 너무 허전했다. 민우는 다시 한 번만 연락을 해보고 일어나자고 하였다. 동우한테 전화를 하였다. 통화 중이었다.

"무슨 통화가 이렇게 길어? 그나저나 동우 오면 직접 물어보려고 했는데, 동우 학교는 어디 갔냐?"

선우는 눈을 동그랗게 뜨고는 고개를 흔들었다. 잘 모르지만 인문계는 아닌 것 같다고 말끝을 흐리자 민우는 고개를 갸우뚱하였다.

"인문계가 아니면 그럼 특목고? 하긴 그놈은 공부 하나는 끝내 줬으니까. 특히 영어는 원단 발음 아니냐. 영국에서 학교 다니다가 왔다니까, 외고 간 거 아냐?"

"아냐. 동우 그 자식, 우리가 이사 간 뒤로는 완전히 공부 놓아 버린 것 같더라. 뭔가 문제가 있나 봐. 나도 오늘 만나면 속 시원하게 알 줄 알았는데. 아무튼 예전처럼 공부 잘하는 건 아니야. 그건 확실해."

그 말을 듣자 민우는 더욱 동우가 보고 싶었다. 민우는 늘 동우를 선망했다. 공부도 잘하고, 잘생겼고, 춤도 잘 추고, 노래도 잘하고. 한마디로 팔방미인이다. 그런 놈이었다.

그 지긋지긋한 중학교 1학년이 지나가고 2학년이 된 뒤로 민우는 더욱 자신을 고립시켰다. 선우하고는 연락하지도 않았고, 동우가 만나자고 하면 콧방귀로 대꾸하면서 피했다. 그때까지만 해도 동우는 조용히 다니면서 공부에만 올인하는 품새였지만, 가끔씩 마주칠 때 보면 잔뜩 풀이 죽어서 다니는 꼴이 너무 미웠다. 2학년 여름방학이 지날 즈음부터는 동우한테서도 연락이 오지 않았다. 민우는 그게 편했다. 당시 민우는 자기 자신조차 감당할 수 없는 상태였다. 쌍절곤 사건 뒤로 걸핏하면 싸웠다. 누군가 자신을 조금이라도 건드리면 곧바로 책상이나 의자를 집어 던졌다. 맨주먹으로 유리창을 몇 장이나 박살을 내고 여학생들의 비명을 잡아먹었는지 모른다. 선생님들조차 고개를 흔들 정도로 파괴적이었다. 학교에서 제법 논다고 하는 치들까지도 민우를 보면 슬슬 피했을 정도였다. 민우는 선생님에게 끌려가도 고개를 숙이지 않았고, 얻어맞아도 눈빛을 꺾지 않았다. 어머니는 그런 민우를 억지로 끌고서 신경정신과를 찾았다. 여의사는 민우하고 한 시간 동안 이야기를 한 뒤 조용히 어머니를 불렀다.

"지금 아드님은 심한 스트레스와 불안으로 소화가 되지 않아요. 일종의 우울증이라고 할 수 있어요. 예민한 학생들한테 종종 나타나는 증상입니다. 더 이상 방치하면 안 됩니다. 지금보다 더 극단적인 행동을 할 수도 있어요. 약물치료를 받으면서 다른 대안을 고민해 보았으면 좋겠어요."

어머니는 심각한 표정이었으나 민우는 의외로 담담했다. 이제 정신과 치료까지 받으니 갈 데까지 갔다는 생각이 들었다. 민우는 점점 삶의 의욕을 잃어갔다. 의사가 주는 약도 먹었고, 어머니가 하자는 대로 여기저기 다니면서 상담도 받았다. 민우는 웃지도 울지도 않았고, 자신의 의사 표현도 하지 않았다. 아무리 약을 먹어도 민우의 마음은 맑아지지 않았다. 그러던 어느 날 어머니가 시골로 이사를 하자고 했다. 민우는 어머니 뜻대로 하시라고 짧게 대꾸했다. 부모님을 따라간 곳은 서울에서 그리 멀지 않은 골짜기에 있는 전원주택 마을이었다.

민우는 새로 전학 간 곳에서 최대한 자신을 감추려고 했다. 민우 눈에는 모든 게 시시했다. 학교는 물론이고 세상 자체가 우스웠다. 자기 또래 아이들이 내뱉는 욕설이나 말을 들으면 괜히 웃음만 나왔다. 민우는 또래들하고 어울리지 않았고, 어서 어른이 되어 자유롭게, 맘대로 살고 싶었다. 중학교고 고등학교고 대학교고 다 건너뛰고 싶었다. 민우는 책에만 푹 빠졌다. 다행히 집에는 책이 많았다. 민우는 부모님들이 보는 책을, 그것도 어려운 책들을 조금씩 조금씩 읽어갔다.

그렇게 중학교 마지막 여름방학을 보내고 있을 때였다. 하루는 어머니가 이런 학교가 있는데 가볼래, 하고 물었다. 민우는 내키지 않았다. 대안 학교라고 하지만 거기도 학교이니까 뻔한 거 아니냐고. 어머니는 다녀보고 맘에 들지 않으면 때려치워도 좋다고 하였다. 그렇게 들어간 대안 학교에서 민우는 일반 학교하고 눈빛이 다른 선생님들을 보았다. 선생님들이 민우의 이야기를 들어주었다. 들어준다는 것, 그 자그마한 배려가 민우한테는 가장 절실한 치료약이었다. 그것만으로도 민우는 좋았다. 숨을 쉴 수가 있었다. 민우는 고등학교 1학년을 보내면서 잃어버렸던 웃음을 찾았고, 힘들었던 시기에 같이 허우적거렸던 친구들이 하나둘씩 보고 싶었다. 그런데 동우를 만나기가 이렇게 어려울 줄은 몰랐다.

민우는 다시 전화를 걸었다. 계속 통화 중이다. 민우는 메시지를 쓰기 시작했다.

―동우야, 무슨 일이냐? 너 나 안 보고 싶냐? 난 무지무지 보고 싶다.

동우한테 답이 오지 않자 더 이상 선우를 붙들고 있을 수가 없었다. 민우가 계산을 마치자 문자 메시지가 왔다.

―진짜, 미안. 나도 너 무지 보고 싶어. 선우한테도 미안하다고 해라. 진짜, 진짜, 미안해. 오늘처럼 미안하다는 말을 많이 해보기도 첨이야.

―너, 어디냐? 무슨 일 있니? 속 시원히 말 좀 해봐.

―조금만 기다릴래? 한 30분쯤. 그럼 꼭 갈게. 나도 너 많이 보고 싶었어.

―기다릴게. 무조건 와.

카페에서 나오자 부슬부슬 비가 내리고 있었다. 그 짧은 시간 사이 하늘은 다른 세상으로 변해 있었다. 선우는 호박잎만 한 손바닥을 펴서 자기 머리를 가리고 있었다. 그 꼴이 우습다. 손바닥이 크지만 머리도 크니까 별로 효과가 없다는 생각에 민우는 웃음만 나온다.

"야, 선우야, 속터라도 조금만 기다려보자. 나도 오늘 여친이랑 약속 있어. 여친 생일이야. 나도 빨리 가야 한다고."

"그러니까 어서 가자. 네 맘은 알지만 동우가 온다는 보장도 없잖아.”

선우는 이미 가야겠다고 마음에다 매듭을 지어놓은 상태였다.

“선우야, 그래도 네가 제일 낫잖아. 그래도 강남에서 학교 다니고.”

민우는 어떻게 해서든 선우를 붙잡으려고 했다. 선우는 불안하게 고개를 흔들었다.

“그건 네가 모르는 소리야. 요즘은 안 그래. 강남도 물 건너갔어. 외고랑 과학고가 쓸잖아. 우리 학교에서 날고 기어야 서울대 한 명 갈까 말까 해.”

민우는 얼굴을 타고 흘러내리는 빗물을 빨아 마시면서 선우를 보고 있었다. 선우가 다시 손목시계를 내려다보았다. 더 이상 잡을 수가 없음을 알았다.

“개새끼, 그래, 가라.”

선우는 미안하다고 하면서 돌아서버렸다. 민우는 화가 나서 손도 흔들지 않았고, 편의점에 가서 정숙이하고 통화나 해야겠다고 걸어가다가 문자 메시지를 받았다.

—민우야, 네가 이리 와라. 여기 F병원이다. 병원에 와서 문자 쳐라.

—무슨 일이냐? 야, 사실대로 말해!

—오면 말할게.

—좋아, 갈게.

민우는 휴대전화를 호주머니에다 쑤셔 박고는 골목을 빠져나갔다. F병원은 여기서 멀지 않다. 마을버스로 여섯 정거장이었다. 민우는 마을버스에서 내리자마자 병원 정문 쪽으로 달려갔다. 정문 앞에서 문자 메시지를 날리고 2분도 안 되어 동우가 나타났다.

"민우야!"

동우는 그 한마디를 크게 날리면서 민우 손이 아프도록 그러쥐었다.

"너랑 헤어질 때에도 미안했는데, 이렇게 오랜만에 만나자마자 또 미안해지니. 아무튼 짜식, 더 멋있어졌네! 얼굴도 아주 좋아졌어. 여자들이 침 질질 흘리면서 따르겠구나!"

"그런 말은 그만하고. 그나저나 무슨 일이냐? 누가 아프냐?"

"일단 어디로 가자. 배고프다. 나 종일 굶었다. 밥이나 먹자. 이야, 그래도 너는 하고 다니는 꼴이 무난하네. 대안 학교 다니는 친구가 있는데, 그놈은 꼬락서니가 대단하던데. 귀걸이가 주렁주렁하고, 노란 머리 흰 머리 수시로 바뀌고, 걸핏하면 머리를 지지고 볶고."

동우는 말을 하면서도 민우의 눈빛을 피했다. 민우는 동우가 쉽게 말하기 힘들 정도로 어려운 일을 당하고 있을 거라고, 어쩌면 부모님이 입원했을지도 모른다는 상상까지 하자 편안하게 걸을 수가 없었다. 동우가 그런 민우의 어깨를 잡아끌었다.

민우는 걸어가면서도 보통 고등학생들보다 머리가 웃자란 동우를 곁눈질했다. 바람에 마구 시달리는 갈기 머리가 실제 나이보다 더 들어 보이게 하였다. 중학교 때까지만 해도 갸름하여 여학생들에게 얼짱 영순위로 뽑혔던 얼굴도 약간 구릿빛으로 물들어서 아주 강하게 보였다.

동우가 두리번거리더니 분식집을 손가락질했다. 민우는 분식집 옆에 있는 갈비집으로 방향을 틀었다. 분식집은 편안하게 이야기를 주고받을 수 없는 분위기였다. 동우는 간단하게 먹자고 하면서도 민우를 따라갔다. 이런 곳에 오면 민우는 으레 삼겹살을 먹는다. 다른 고기는 별로 좋아하지 않는데 삼겹살이라고 하면 자다가도 벌떡 일어난다. 막상 고기 굽는 냄새를 맡자, 창자 맨 끄트머리에서 쉬고 있던 식욕이 급하게 거슬러 올랐다.

"민우야, 나 금방 일어나야 해."

"이 새끼야, 3년 만에 본 친구한테 이게 무슨 도깨비짓이냐? 선우는 화내고 가 버렸다. 미안하다고 전화라도 해줘라. 그 자식, 완전히 공부에 눈알이 돌았더라. 알았지?"

불빛에서 다시 보니까 동우는 얼굴 살이 좀 빠졌을 뿐 크게 변한 게 없었다. 웃을 때 고이는 볼우물도 고스란히 남아 있다. 분위기, 말투도 그대로다. 고기가 구워졌다. 군침이 돌았다. 동우가 삼겹살을 상추에 싸서 민우한테 먼저 주었다.

"자, 먹어라. 그동안 네 생각, 진짜……."

동우는 잠깐 목이 메는지 고개를 돌려버렸다. 민우는 입안으로 들어온 고기를 씹어대기 시작했다. 동우는 계속 민우를 제대로 보지 못했다. 생각보다 속이 무른 놈임을 알 수 있다.

"술 마시냐?"

동우가 갑자기 물었다. 그렇게 말해놓고도 어색한지 이번에는 부랴부랴 그 말을 수습하려고 했다.

"요새 고딩이면 한잔씩 하잖아. 일하다가 힘들면 종종 마셔."

"일하니?"

"그냥 알바."

"왜? 알바는 나중에 대학 가서 해도 되잖아. 지금은 알바보다⋯⋯."

민우는 저도 모르게 지금은 알바보다 공부가 더 중요한 때라고 말하려다가 당황하면서 얼른 입을 다물었다. 자신의 말투가 꼭 어른들이 하는 말 같았기 때문이다. 자기 몸속으로 정체를 알 수 없는 어른 하나가 들어와 있는 기분이었다.

동우는 말을 돌리지 않았다.

"나도 하고 싶지 않아. 어쩔 수 없으니까 하는 거지. 난, 돈이 필요해. 오랜만에 만난 너한테 이런 말 하고 싶지 않다만. 혹시 알고 있니, 나에 대해서?"

"아니, 전혀."

"난 너에 대해서 소식 많이 들었는데."

그때 민우는 얼마나 당황했는지 모른다. 동우의 얼굴에 잠깐 스쳐 가는 경련 같은 것이 있었는데, 꼭 자신에 대해서 서운해하는 것 같았기 때문이다. 동우는 그런 민우의 마음을 알아챘다.

"그렇다고 미안해할 필요는 없어. 나라도 그랬을 거야. 문제는 내가 일으켜놓고 일은 너한테서 터질 때, 진짜 내 마음이 어땠는지 아냐? 나 학교에다 불을 질러버릴까도 했어. 죽이고 싶은 선생님도 있었고. 주완이네 집에는 몇 번이나 갔어. 진짜, 가만두지 않으려고. 근데 말이다, 근데 집안이 불안해지니까…… 사실은 초등학교 6학년 때부터 집이 힘들어졌어. 더 이상 우리 집안 이야기를 하고 싶지는 않고, 다만 지금은 두 분이 별거 상태야. 사실상 이혼이지. 어머니가 돈을 많이 가져다 썼나 봐. 아버지 사업이 잘되었으면 문제가 없었을 텐데, 사업이 실패하자 힘들어졌어. 지금은 아버지랑 살지만, 사실상 혼자 살아. 아버지는 지방에 가셨다가 보름이나 열흘에 한 번씩 오시거든. 처음에는 오실 때마다 돈을 주시더니, 요즘은 안 그래. 어른들도 궁해지니까 못 보겠더라. 진짜, 나하고 눈도 못 마주쳐. 이제 이해해. 그래서 내가 벌어야 해. 그렇게 됐다. 그때 주완이하고 싸웠을 때에도, 우리 집 사정이 좋았으면 그렇게 얼렁뚱땅 넘어가지는 않았을 거야. 그래서 내가 더 의기소침해지고, 진짜……."

그랬구나, 하고 속으로 말하면서, 민우는 고기를 우적우적 씹어 삼켰다. 민우는 새삼 부모라는 존재에 대해서 생각을 해본다. 동우를 보니까, 민우는 새삼 자기 옆에 나무처럼 굳건히 뿌리를 내리고 있는 부모님이 고맙다.

"난 괜찮아. 문제는 아버지야. 아버지가 다른 생각을 안 했으면 좋겠는데, 아버지 가방에서 유서랑 자살용 칼도 한 번 발견했거든. 그만큼 아버지가 불안해."

확실히 동우는 다른 세계에서 살고 있었다. 그제야 민우는 동우의 얼굴이 왜 달라졌는지를 가늠할 수 있었다. 민우는 정말이지 아무런 말을 할 수가 없었다.

동우가 씩 웃더니, 진짜 술 한잔 하고 싶다고 하였다. 민우가 술을 시키려고 하자 동우가 급하게 손을 저었다. 그냥 기분이 그렇다는 것이고 다음에 한잔 하자고 하였다. 동우는 휴대전화를 꺼내 시간을 확인하고는 민우를 보았다.

"내 얘기만 했네. 내 걱정 마라. 난, 나 자신에 대해서는 걱정 안 한다. 뭘 해도 먹고 살 자신 있으니까. 넌 재밌지? 우리 담탱이는 제법 괜찮은 놈인데, 담탱이 하는 말, 앞으로 우리나라는 대안학교 출신자들이 사회에서 큰 몫을 할 거라고 하더라. 나는 잘 모르지만, 너를 생각하면 그럴 거라고 믿어."

"아니야. 좋은 대학도 못 가는데. 너 학교는?"

"야야, 니 이야기 좀 해라. 난 뻔해. 너도 알잖아? 정보고 다녀. 기능대학에 가는 게 꿈인데, 가능할지 모르겠다. 대학이라면 나 같은 놈들을 데려다가 가르쳐야 하는데, 그게 아니야. 대학에 오기 전에 요구하는 자격증이 너무 많아. 물론 다 형식적인 것인데, 그것을 따기 위해서는 엄청난 돈이 필요해. 그래서, 그래서, 그래서 고민 중이다만……."

민우는 괜히 눈물이 나오려고 했다. 친구의 어깨를 짓누르고 있는 운명의 무게가 너무 무겁게 느껴졌고, 친구는 그걸 이겨내려고 아등바등하다가 점차 포기하고 있다는 느낌을 받았다. 이럴 땐 무슨 말을? 기능대학이라니? 아, 상상도 못했다. 셋 중에서 가장 공부도 잘했던 놈이라, 어려움이 닥쳐도 공부만 잘하면 헤치고 나갈 거라고 믿었는데. 그런 말을 하고 싶었다. 동우는 천상 공부를 해야 할 놈이다. 기능대학은 아니다. 그런데 기능대학도 어렵다니, 기가 찰 노릇이다. 머리 좋고 장래성 있는 아이가 왜 이렇게 되어야만 하는지.

민우는 무슨 말을 할까 미적거리다가 고기 한 점을 싸서 동우한테 다시 주었다. 동우는 그 고기를 받아먹으면서도 계속 민우에 대해서 물었다. 민우는 짧게 짧게 대답하면서도 이상하게 동우한테 미안했다. 대한민국에 사는 동시대 젊은이로서 그리고 친구로서 자기 자신만이 특별한 혜택을 누리면서 살고 있음을 인정하지 않을 수 없었다. 동우는 놀랍도록 당당했다. 마치 민우가 엿보지 못한 세상을 이미 다 거쳐 간 사람 같았다.

안녕 내 사랑 그대여 이젠 내가 지켜줄게요
못난 날 믿고 참고 기다려줘서 고마워요

강가에서, 자기들만의 세상을 만들어, 자기들끼리 살을 섞으면서 경건하게 춤을 추고 있는 새벽안개 속에서 정숙이 불러주던 노래다. 정숙이었다.

"어디야? 아직 서울이야?"

"응, 곧 일어날 거야."

"나는 혼자 기다리는 거 싫어. 늦지 않게 와."

민우는 그런 일은 없을 테니까 걱정하지 말라고 하고는 전화를 끊었다.

동우가 감을 잡고는 웃었다. 민우는 정숙이라는 여자에 대해서 한없이 자랑하고 싶어진다. 민우에게 정숙이는 단순한 여자 친구가 아니다. 정숙이는 민우에게 새로운 세상을 볼 수 있는 눈을 심어준 사람이다. '십사세(십대들이 사진으로 보는 세상)'라는 동아리 MT에 갔다가 만난 정숙이는 민우의 얼굴이 마치 세상의 고뇌를 다 눈에다 담고 있는 것 같다고 했다. 그러면서 조금도 말을 돌리지 않고, "너는 왜 사니?" 하고 물었다. 참으로 충격적인 말이었다.

"미안해. 내 말이 너무 건방지게 들릴 수도 있겠지만, 니 얼굴에는 도대체 삶의 의욕이라고는 없어 보여. 그래서 묻는 거야, 왜 사냐고. 틀렸으면 틀렸다고 말해. 난 내숭파들이 가장 싫어."

민우는 거칠게 쏘아보다가 어느 순간 아래쪽을 내려다보았다. 정숙이의 말을 인정한다는 암묵적인 표현이었다.

"좋아. 그럼 나랑 한번 친해볼래? 다른 건 몰라도, 니 우울한 표정만큼은 환하게 바꿔주고 싶어. 난 그래. 공부는 못해도 좋지만, 세상을 부정적으로 보는 것, 늘 우울한 것, 그런 것들은 싫어. 난 단 하루를 살아도 밝고 즐겁게 살고 싶어. 나는 그런 생각 하나 믿고 살아가. 힘든 일은 잊으려고 하고, 지나간 일은 다시 생각하려고 하지 않고, 단순하게, 단순하게, 밝게, 밝게, 명랑하게, 명랑하게, 긍정적으로, 긍정적으로."

민우는 정숙이의 말이 끝날 때까지 손가락만 오므렸다 펴기를 되풀이하였다. 구절구절 자신의 핵심을 찌르고 있으나 더럽게도 잘난 체한다고 주절거렸다. 민우는 이런 여자를 가장 싫어한다. 더 이상 대거리하고 싶지 않았다. 민우는 발 앞에 있는 작은 돌멩이를 일부러 힘껏 걷어찼다.

"야, 됐거든! 나는 너처럼 샘삐리(선생님) 같은 여자만 보면 구역질 나거든. 훈시는 그만하고 갔으면 좋겠거든. 쓰발, 더러운 성질 나오려고 하거든."

그 정도면 기겁하고 돌아설 줄 알았는데 정숙이는 이렇게 되받아쳤다.

"나도 됐거든. 너 같은 사람 칙칙한 생각이 옮겨 붙을까 봐, 나도 더 이상 같이 있고 싶지 않거든!"

울컥 화가 치밀면서 주먹을 움켜쥐었을 때는 이미 정숙이가 돌아선 뒤였다. 정숙이가 남자라면 달려가서 몇 대 쥐어박았을지도 모른다. 돌이켜보니 민우는 싸울 때마다 이런 심정이었다. 꼭 자신이 무시당하는 기분이었다. 그때마다 무엇인가를 들어서 던지고 때려야만 자기 존재를 확인할 수 있었다.

어쨌든 민우랑 정숙이는 동아리 활동을 하면서 거의 아는 체하지 않았다. 늘 민우의 눈에 정숙이가 띄었다. 정숙이는 늘 밝았다. 얼굴에다 해바라기 가면을 쓰고 다니는 듯했다. 말도 많지 않았고, 잘난 척하지도 않았다. 민우는 자기도 모르게 정숙이라는 이름을 되새기게 되었고, 그녀의 얼굴이 학교에서 보이지 않으면 이상하게도 몸이 축 처졌다. 민우는 처음으로 여자를 좋아할지도 모른다고 거울을 보며 고백하였고, 그 여자가 정숙이라고 일기장에다 썼다. 정숙이만 생각하면 기분이 좋아졌다.

고등학교 1학년 겨울방학이 일주일 앞으로 다가왔을 즈음이었다. 캄캄해질 무렵 학교를 나오다가 앞서 걸어가는 정숙이를 보았다. 민우는 거의 소리치듯이 정숙이를 불렀다. 정숙이가 주춤 섰다. 민우가 다가가자 돌아서며 웃었다.

"야, 그때, MT 갔을 때 나한테 했던 말 지금도 유효하냐?"

"무슨 말?"

"나랑 사귀고 싶다는 말."

민우는 얼굴이 달아오를수록 힘껏 말을 뱉어냈다.

정숙이가 팔짱을 끼고 웃었다.

"아아, 기억난다. 유효하지만 넌, 그때보다는 많이 밝아져서 내가 필요할지……."

"아니야, 그때는 미안했어. 사과할게."

"뭘? 난 네가 왜 미안해하고 사과하는지 기억 안 나는데."

정숙이는 정말 기억나지 않는다는 표정을 지었고, 민우도 더 이상 말하지 않았다. 그때부터 민우는 눈에 띄게 변했다. 고등학교에 입학한 뒤로는 중학교 때처럼 선생님들이나 친구들하고 갈등이 생기지 않았지만, 다른 아이들처럼 밝고 적극적으로 학교생활을 하지는 않았다. 여전히 어른들이나 세상에 대해서 냉소적이고 책에만 푹 빠져 있었다. 민우는 자신이 또래들보다 생각이 깊고 어른스럽다는 착각 속에서 살았다. 그런 생각을 변화시켜준 것이 정숙이었다.

민우는 그런 정숙이 이야기를 오래오래 하고 싶은 걸 꾹 참았다. 오늘은 동우의 이야기를 많이 듣고 싶었다. 동우도 더 이상 정숙이에 대해서 묻지 않았다. 고기를 다 먹었을 즈음 동우가 자꾸만 주위를 두리번거리며 불안한 표정을 지었다. 민우는 왜 그런지 알 수가 없었다. 동우가 먼저 일어나더니 지갑에서 만 원짜리 한 장을 끄집어낸 다음, "민우야, 미안하다. 이것밖에 없다. 다음에, 내가 한탕 낼게" 하는 말을 듣고서야 민우는 왜 동우가 불안했는지 알 수 있었다. 민우는 동우가 내민 돈을 받을까 말까 고민하다가 받아 들었다.

"잘 먹었다, 민우야."

"일 년에 한두 번은 보자, 우리."

둘은 손을 잡고 밖으로 나왔다. 비는 아까보다 잦아들고 있었다.

민우는 동우를 보고 다시 악수를 한 다음 헤어지려고 하였다. 동우는 민우 손을 놓지 않고는 망설망설 무슨 말을 입안 가득 굴리다가 속삭이듯이 말했다.

"너 지금 가야 하냐?"

"아니, 왜?"

"지금 병원에 친구가 있거든. 오늘 배달 가다가 사고 났어. 오토바이 사고."

민우는 이게 무슨 말이냐고 눈을 크게 떴다. 이번에는 동우도 눈길을 피하지 않았다.

"너도 잘 알아. 그놈이 너 보고 싶다고 하더라. 다행히 큰 사고는 아니지만, 그것 때문에 내가 약속 장소에 못 나간 거야. 알바가 끝나고 부랴부랴 가는데 연락이 왔어."

"대체 누구니?"

민우는 조바심이 났다.

동우는 슬쩍 눈길을 돌리면서 미적거리다가 말했다.

"응, 그 친구가 말하지 말라고 했어. 네가 싫어할 거라고."

"야, 누구냐니까!"

저도 모르게 민우가 소리를 질렀다. 동우는 천천히 "박주완!" 하고 말했다. 민우는 자기 머리를 툭툭 쳤다. 믿어지지 않았다. 민우는 동우를 똑바로 노려보았다.

"뭐, 누구라고?"

"민우야, 주완이 맞아. 우리를, 구렁텅이로 몰아넣은 그놈."

"말도 안 돼. 그 개새끼, 그 새끼 때문에 내가 얼마나!"

왜 하필 그런 놈과 동우가 친구 하고 있을까. 칵칵 숨이 막혔다. 한동안 나타나지 않았던 증상이다. 민우는 가슴을 쓸어내린 다음 간신히 말했다.

"좋아, 좋다구. 근데 그놈이 다쳤으면 부모님한테 연락하지 왜 너한테 하냐?"

동우가 민우 어깨를 잡았다. 민우 어깨가 떨리고 있었다. 민우가 동우 손을 뿌리쳤다.

"괜히 말했구나. 그래, 나랑 친해. 너만큼. 그 긴 이야기를 다 못해. 나도 죽이고 싶도록 미운 놈이었는데, 작년부터 친해지다니. 사람이란 게 달라지더라고. 나는 오히려 주완이가 고마웠어. 내가 힘든 시기에 찾아와서 친구가 되어준 게. 그래서 너한테 말하는 거야. 나도 똑같은 감정을 품고 있었기 때문에."

민우는 쓴웃음을 지었다. 그들이 어떤 상황에서 친구가 되었는지는 몰라도 민우로서는 받아들일 수 없다. 잊고 싶다. 계속 가슴이 떨린다. 한동안 일어나지 않았던 증세들이다. 민우는 자신을 달래려고 자꾸만 가슴을 친다. 민우가 의외로 말이 없자 동우가 다시 말을 이었다.

"그때 나빴다고 항상 나쁘다고 생각하면 안 돼. 사람은 변하잖아. 너도 변하고, 나도 변하고. 게다가 그놈은 지금 나보다 더 힘들어. 사고로 아버지는 식물인간이 된 지 1년이 넘었고, 어머니는 집을 나갔어. 지금은 작은집에서 사는데……."

민우는 저도 모르게 "그래서!" 하고 눈을 치켜뜨면서 비꼬았다.

"그래서, 그렇게 어려워졌으니까 나보고 이해하라고? 나는 그놈 때문에 중학교 시절을 잃어버렸어. 나에게는 중학생 시절이 없어. 그 지긋지긋하고 뱀 같은 놈. 그런 놈을…… 뭐야, 내가 무슨 드라마에 나오는 조연인가? 이건 주연 스토리는 아니고, 진짜 웃긴다. 결국 화해하라는 거잖아? 여기까지 왔으니까, 같이 병문안이라도 가자는 거 아니겠어?"

민우의 눈이 발갛게 물들었다. 동우는 아무런 표현도 하지 않았다. 민우는 동우가 너무너무 서운했다. 뜨거운 물줄기가 눈에서 쏟아져 나오려고 했다.

"아니다. 내가 생각이 부족했나 보다. 그냥 안 들은 걸로 해라."

동우도 사태를 짐작했는지 후회하는 눈빛으로 수습하려고 했으나 그러면 그럴수록 민우의 가슴은 요동치고 있었다. 민우는 자기 가슴을 오른손으로 몇 번 친 다음 거칠게 동우의 어깨를 잡았다.

"한 가지만 묻자. 결국 너희 둘이 친해진 게 사정이 비슷해져서 그런 거냐? 동병상련이라고, 그런 거냐?"

"아니야, 그건 아니야. 주완이는 인문계 다녀. 나랑 달라. 공부도 잘해. 서울대 간대. 무서워. 우연히 작년에 만났어. 피할 줄 알았더니 안 피하더라고. 그리고 술 한잔 하재. 내가 비웃으면서 몇 대 갈겼지. 이 자식이 더 때리라고 하더라고. 그러면서 너에 대해서 묻더라. 어디로 이사 갔냐고? 니 몫까지 치래. 내가 분 풀리도록 팼어. 죽여버리고 싶었는데 죽지 않대. 그렇게 팼는데도 이 하나 흔들리지 않더라고. 내가 지쳐서 움직일 수 없을 때까지 팼는데도 분이 안 풀려. 그날 밤 둘이서 같이 잤어. 그랬어. 그러다 보니 그놈을 알게 됐고……."

민우는 격렬하게 머리를 흔들어댔다.

"야, 씨바, 좆 까지 마! 난 그딴 새끼 이야기 듣고 싶지 않아! 왜, 왜, 그 새끼 이야기를……."

민우는 옷을 찢어서 벗어 던지듯이 간신히 그 말을 내뱉고는 돌아섰다. 동우도 잡지 않았다. 민우는 거의 달리다시피 걸었다. 어디로 가는지도 알 수 없었다. 걷고 또 걸었다. 얼마나 걸었는지 모른다.

안녕 내 사랑 그대여 이젠 내가 지켜줄게요
못난 날 믿고 참고 기다려줘서 고마워요

파랑 멍울 같은 제주도 바닷가에서, 소라 껍데기 같은 해녀들 집 몇 채가 늙어가고 있을 것 같은 작은 섬 너머로 귀가하는 해를 바라다보면서, 민우의 무릎베개를 베고 누운 정숙이가 불러주던 노래다. 민우는 그 노래를 따라 부르지 못했다. 지금 민우의 귀에는 아무 소리도 들리지 않았다.

신이 내린
안마사가
사는 집

오늘날 인간의 얼굴에는 어떠한 바다도 어떠한 산도 없다. 얼굴이 더 이상 그것들을 받아들이지 않고, 자신에게서 밀어내 버린다. 얼굴에는 더 이상 그런 것들을 위한 자리가 없다. 그리하여 모든 것이 뾰족한 극단에 놓이게 되고, 외부 세계는 그 뾰족한 극단에서 떠밀려 흔들려 떨어질 것처럼 보인다. 얼굴에서 나무들이 베어져 나가고, 산은 파여 없어지고, 바다는 말라붙었다. 그리고 그러한 텅 빈 얼굴 속에 거대한 도시가 세워졌다.
(막스 피카르트, 『인간의 얼굴』 중에서)

버스에서 내렸다. 삼십여 호의 야윈 집들은 어깨를 움츠린 채 입을 꼭 다물고 있었다. 그 흔한 개 짖음 소리 하나 마중 나오지 않았다. 가슴이 답답하다. 손으로 가슴을 치면서 걸음을 옮기는데 이번에는 가방이 무겁게 어깨를 짓누른다. 귀찮다. 두고 올걸, 던져버리고 올걸. 그 속에는 책 한 권 들어 있지 않다. 라면이랑 과자 몇 봉지만이 숨을 죽이고 있을 뿐이다. 목이 타서 혓바닥이 오그라드는 느낌이다. 나는 농수로에다 얼굴을 처박고 어디론가 맹렬하게 질주하고 있는 물을 벌컥벌컥 마셔버렸다. 배탈도 두렵지 않다. 지금 이 순간, 내 몸속을, 내 생각 속을, 나하고 관련되어 있는 모든 것들 속에다 물을 가득 채워버리고 싶다.

어쩌자고 여기까지 와버렸을까. 다시는 이곳에 오지 않겠다고 했는데, 할머니의 무덤을 등지고 돌아서면서 이곳에 대한 기억을 다 지워버리겠다고 눈물을 씻었는데, 지난 2년간 꿈에서도 이곳을 그리워한 적이 없는데. 코피를 뒤집어쓴 채 입으로 저항하는 김한조 놈의 얼굴을 걷어차고는 요란하게 복도로 뛰어오는 선생님들의 메아리를 피해서 유리창을 열고 2층에서 뛰어내렸고, 단숨에 집까지 뛰어갔다가 옷을 갈아입고 라면이랑 과자 몇 봉지만 챙겨서 뛰쳐나왔는데, 정신을 차려보니 기차를 타고 시간 속으로 달리고 있었다. 누가 나를 이곳으로, 여기까지 끌고 왔는지 모른다. 기차에 올라서도 멍했다. 다만 차창으로 멀어지는 도시를 보면서, 그래 그곳에 가서 며칠 푹 썩었다가 오자는 중얼거림이 오래된 노래처럼 입안에서 흘러나왔다.

얼굴을 씻었다. 쓰렸다. 콕콕콕 찌르다가 열이 나게 하였고 나중에는 아, 하는 비명이 나오게 하였다. 비명의 진동만으로도 내

꼬락서니가 어떠할지 가늠할 수 있었다. 왼쪽 광대뼈가 유독 쓰리다. 왼쪽 턱 언저리도 후끈거린다. 오른쪽 장딴지 쪽에도 아픈 기운이 감지되고, 오른쪽 어깻죽지와 앞가슴에도 아픔이 느껴졌다. 이 정도는 양호한 편이라고 한숨을 내쉬는데 호주머니에서 휴대전화가 울렸다. 화면에 유니라는 글자가 떴다. 나는 천천히 휴대전화를 귀로 가져갔다.

—황진운! 너 싸웠다며?

—싸우긴 뭘 싸워.

—학원에 소문이 다 났어. 니네 반 반장이 나발 불고 다니더라. 1대 4로 맞짱 떴다며, 그것도 교실에서. 너 정말 깡패냐? 야, 황진운 이 자식아, 너 깡패야? 깡패냐구우! 너 그쪽으로 갈 거야? 너한테 진짜 실망했다. 진짜, 진짜, 진짜 실망했어.

어, 유니가 욕 대포까지 날리다니, 이건 전혀 예상하지 못한 풍경이다. 결과만 놓고 보면 싸운 셈이지만 자초지종을 듣고 나면 유니도 내 편이 되어줄 거라고 믿었으나 지금 상황은 그렇게 흘러가지 않았다.

유니는 작년에 편의점 알바를 하다가 만난 친구다. 하루에 하나씩 반드시 아이스크림을 충전해야만 하는 아이. 오는 시간도 저녁 열 시 전후로 일정해서 늘 그 시간이면 나도 모르게 유니를 기다렸고, 그녀가 나타나서 아이스크림을 사 가면 그제야 내 할 일을 다 한 듯한 기분이었다. 어느 날부터 그 아이가 보이지 않았다. 내 마음도 불안해졌다. 자꾸만 아이스크림 통을 바라다보았고, 자꾸만 시간을 의식하였다. 나는 날마다 유니를 기다렸다. 알바가 끝난 뒤에도 근처 아파트 공원과 버스 정류장 근처를 어슬렁거렸다. 그러다가 우연히 버스에서 내린 유니를 보고는 나도 모르게,

　―야, 너 왜 아이스크림 사러 오지 않냐?

하고 물었다가, 이게 뭐하는 짓인가 하는 뒤늦은 자각과 함께 어색하게 뒷걸음질을 쳤다. 그쪽에서도 나를 경계하고는 더 이상 다가오거나 말을 붙였다가는 비명이라도 지르겠다는 결연한 눈빛을 쏘아댔다. 나는 너를 해코지할 뜻이 없음을 과장되게 알리듯이 돌아섰으며, 혹시 내가 저 여자를 좋아했었나 하고 나 자신에게 물음표를 던지자 괜히 찝찝해졌다. 놀랍게도 다음 날 유니가 편의점에 나타나서 말을 걸었다. 하도 아이스크림을 좋아해서 엄마가 냉장고에다 쟁여두는 바람에 편의점에 오지 못했다고 하더니, 용감하게 데이트 신청을 하였다. 그렇게 우리는 만났다.

안타깝게도 우리에게는 비슷한 색깔이 거의 없었다. 유니네 집은 인근에서 가장 비싸다는 아파트였으나 우리 집은 인근에서 가장 범죄율이 높다는 연립주택 지하 벙커였고, 유니는 의대나 약대냐를 고민할 정도로 학교 성적이 우수했으나 나는 공부라는 단어하고는 별로 좋은 인연을 맺지 못한 상태였고, 당연히 학교보다는 알바를 중시하면서 살고 있었고, 당연히 미래에 대한 꿈이 없었

다. 그런데 어떻게 1년이 넘도록 사귀었나, 하고 누군가 묻는다면 솔직히 할 말이 없다. 사실 나도 가끔 그런 생각을 하다 보면 멍해진다. 대체 왜 유니가 나를 좋아할까?

─나도 몰라. 사실 몇 번이나 헤어질까도 생각했는데, 네 얼굴만 떠올리면 마음이 달라져. 너는 나를 잡아끄는 묘한 힘이 있어. 너는, 적어도 나한테는 달라. 착하고, 솔직하고, 정이 많고. 난, 너한테 많은 걸 요구하고 싶은데, 그게 안 돼. 공부도 좀 잘해서 같이 대학 가고 싶은데. 나도 모르겠어. 널 얼마나 좋아하는지. 대학 가면 변할지 말지. 그런 생각 안 하기로 했어. 그냥 현실에 충실하기로. 네가 꿈을 가졌으면 좋겠어. 그래서 나한테 더 적극적이었으면 좋겠어. 어쩌면 난 그날을 기다리고 있을지도 몰라.

그 말을 듣고 무척 부담스러워했어야 하는데 묘하게도 약간 마음이 달아올랐다. 어쩌면 유니하고 잘될 수도 있다는 어떤 본능적인 꿈틀거림이 내 몸속에서 일어났을지도 모른다.

우리가 만난 지 백 일째 되는 날 유니는 무 속살보다 더 흰 손가락을 내밀어서 나한테 약속을 받아냈다.

─절대 싸움은 안 돼. 그것만, 그것만, 그것만은. 진운아, 알았지? 누가 싸움 걸면 피해 버려. 때리면 맞아 버려. 난 싸우는 게 싫어. 무서워.

서울로 전학 올 때 차 안에서 이제는 정말 싸우지 않겠다고 다

짐을 했으나 뜻대로 되지 않았다. 오히려 시골에 있을 때보다 더 많이 싸우게 되었다. 나는 금세 학교에서 유명해졌다. 해마다 학교 조직폭력배 단속 기간이 되면 경찰서에서도 연락이 올 정도로. 유니랑 사귄 뒤로도 두 차례나 싸웠다. 나는 욱하는 성질이 있어서, 상대가 나를 건드리면 상대가 대통령이든 외계인이든 가만있지 않았다. 더구나 내 자존심을 건드린다면 그건 용서할 수 없었다. 나는 아직까지 싸워서 꼬리를 내려본 적이 없다. 싸움이야말로 유일하게 황진운이라는 인간의 존재감을 드러내는 표현이었다고나 할까. 내가 싸울 때만큼 세상을 당당하게 자신 있게 살아간다면 얼마나 좋을까. 물론 내가 싸움을 잘한다는 것을 유니한테 비밀로 할 수도 있었다. 나는 그럴 수 없었다. 나는 유니한테 솔직하게 털어놓았다. 그걸 후회해본 적이 없었다.

　─내가 좋아하는 책이 『나의 라임 오렌지나무』야. 난 제제가 맘에 들어. 딱 내 캐릭터야. 나도 어려서부터 악마라고 생각했어. 나는 늘 누군가랑 싸웠어. 나는 늘 누군가를 두들겨 패고 맞았어. 얼굴에는 상처가 아물 날이 없었고, 할머니가 이 연고 저 연고 다 발라주면서 제발, 제발, 제발…… 해도 소용없었어. 나보다 나이 많은 형들하고 싸웠고, 어른들한테 맞으면 나만의 방식으로 보복했어. 몰래 그 집 유리창을 박살 내거나 그 집 개를 절름발이로 만들어버리거나 그 집 편지를 한 달 이상 없애버린다거나 그 집 차를 교묘하게 펑크 낸다거나. 난 그런 아이야. 난 세상 모든 게 다

싫었어. 늘 나만 보면 눈시울을 글썽거리는 할머니도 싫었고, 우리들을 시골에다 팽개쳐놓고 서울에서 살고 있는 아버지도 미웠으며, 늘 자기들만 잘난 체하는 누나들도 싫었거든. 난, 싸울 수밖에 없었어. 그래야만 살아남을 수 있었어. 물론 수많은 어른들하고 싸우지 않겠다고 약속도 하였고, 나 역시 그렇게 해보려고 했으나 그건 맘대로 되지 않았어. 근데 너를 만난 뒤로는 진짜 마음이 편해. 나 요새 다시 야구에 푹 빠졌어. 나 어렸을 때는 야구 선수가 꿈이었거든. 학교에서 돌팔매질을 가장 잘했거든. 근데 부딪혀볼 기회도 없었어. 야구를 내 인생하고 비교하면 나는 이제 2회 초나 2회 말 공격을 하고 있는 거야. 야구에서는 9회까지 반드시 두세 번의 찬스가 오는데, 난 아직 한 번도 찬스가 오지 않았어. 하루하루 그런 생각 하면서 살아. 그게 야구야. 난 요즘 프로야구 출범 때부터 모든 선수들의 기록을 모으고 있어. 야구 해설자들이 할 수 없는 일, 야구 비평가라고나 할까, 그런 일을 해보고 싶어, 만약 그런 일이 있다면.

—와아, 그거 괜찮은데. 좋아, 아주 좋아!

나한테 유니는 그런 사람이었다. 그 어떤 말을 해도 턱을 괴고서 다 들어주는 사람, 그냥 고개를 끄덕거려줄 뿐 잔소리는 하지 않는 사람, 가끔씩 혀를 차기도 하고 가슴이 아프다고 하다가 그냥 울어버리는 사람. 이 세상에서 나를 믿는 딱 한 사람.

—야, 황진운, 너 어디야? 어딨어? 지금 어디냐구!

―유니야, 어쨌든 싸운 건 미안하다. 변명하지 않겠다만 나도…… 그래, 니가 어떻게 생각할지 몰라도, 그 새끼들은 한번 발라줬어야 해. 그 새끼들, 그것들, 그것들 말야, 그것들이…… 유니야, 담에 이야기하자. 오늘은 그만하자.

―야, 너 어디야? 어디냐구?

―여기, 시골이야.

―어디? 시골? 네 고향?

―그래, 오늘은 이만 하자. 내일 전화할게.

―야, 황진운…….

나는 고막에서 소용돌이치는 유니의 목소리를 떨치려고 휴대전화 전원을 꺼버렸다. 지금은 그 어떤 말을 해도 유니가 받아들일 것 같지 않았다. 그동안 나는 누군가 시비를 걸어올 때마다 유니를 떠올리고는, 그래 내가 잠깐 바보가 되자, 내가 잠깐만 귀머거리가 되자…… 뭐 그런 식으로 참고 또 참았으나, 이번에는 그 고비를 넘지 못했다.

아, 괴롭다.

난 헌수를 외면할 수가 없었어. 에이 씨이, 모르겠다. 모르겠다. 모르겠어!

지글지글 머릿속이 끓기 시작하자 더 이상 앉아 있을 수가 없었다.

—수상한 사람 건들건들 걸어가는 모습 건들건들/말을 걸어보려 다가가면 알 수 없는 말들/그래 여기 있다 다 먹고 꺼져줄래/배부르지 배부르지 물어본 내가 바보지/오늘따라 번들번들 두리번대다가도 번들번들…….

나는 자우림의 〈거지〉라는 노래를 흥겹게 부르면서 저 들의 동맥인 봇도랑을 타고 오르고 있었다. 일부러 마을의 불빛이 닿지 않는 길을 택했다. 봇도랑은 마을 왼쪽으로 뻗어 있었고 산그늘이 깔려 있어서 내 모습을 잘 은폐할 수가 있었다.

저수지 둑에 오르자 물비린내가 코를 찔렀다. 그 냄새의 습격을 받자 진짜 내가 할머니네 집에 왔다는 실감이 났다. 물은 저수지 안에 넉넉하게 담겨 있었다. 낚시꾼들의 불빛만이 물속에 잠든 산을 흔들고 있었다.

—바람 불어 산들산들 되는대로 흔들흔들/그런대로 비틀비틀 마지막까지 삐뚤삐뚤/ 그래 여기 있다 다 먹고 꺼져줄래/아냐 고맙다는 말은 안 해도 돼/우리 다시 안 만나면 좋겠네/배부르지 배부르지 물어본 내가 바보지 물어본 내가 바보지…….

이상하게도 오늘따라 목소리가 애절하면서 흥이 오른다. 나도 모르게 몸이 흔들린다. 바람에 흔들리는 풀처럼 춤이라도 한판 추고 싶다. 나는 저수지 둑에서 왼쪽 산마루 쪽으로 몸을 틀었다. 저수지 둑을 벗어나 산림 도로 같은 좁은 산길로 접어들자마자 개 짖음 소리가 내 발걸음을 막아섰다. 워낙 숲이 짙게 우거져 있어서 할머니네 집은 보이지 않았으나 불빛이 잎새와 잎새 사이로 새어 나오고 있었다. 할머니네 집이 눈을 뜨고 있었다. 재작년에 할머니가 돌아가신 이후로 이 집에는 더 이상 인간의 숨소리가 남아 있지 않았다. 아버지는 더 이상 우리 삼남매를 이곳에다 팽개쳐둘 수 없었고, 그래서 이 궁리 저 궁리 하다가 고모들에게 사정사정하여 누나들은 큰고모 작은고모네 집으로 하나씩 찢어져서 더부살이를 시켰고, 나만 당신의 집으로 끌고 갔다. 연립주택 지하에 있는 그 단칸방을 나는 벙커라고 불렀다. 핵전쟁이 일어나면 우리만 유일하게 살 것이라고 유니한테 농담을 하기도 했다.

개 짖음 소리는 이 저수지를 먹여 살리는 크고 작은 골짜기로, 크고 작은 산 너머로, 크고 작은 별들이 사는 하늘로 자꾸만 자꾸만 울려 퍼졌다. 개 짖음 소리는 내 몸속으로도 흘러들었다. 그때마다 나는 머리를 흔들어댔다. 할머니네 집에 누군가 산다는 이야기를 들어본 적이 없다.

할머니네 집은 너무 늙었다. 황토 벽은 비바람에 못 이겨서 황소의 머리통보다 크게 구멍이 나거나 무너진 곳도 많았다. 그때마다 할머니가 흙이나 시멘트로 땜질을 했으나, 땜질한 곳은 비바람이 건드리지 않아도 저절로 힘이 다해서 다시 떨어져 내렸고, 금이 가고 옆으로 기울어지는 기둥은 더 이상 버틸 수 없다고 노골적으로 신음 소리를 토해냈다. 그래서 우리는 천둥 번개가 굿하면서 폭우를 쏟아붓는 여름밤은 물론이요, 곱고 얌전하게 하얀 가루를 빻아 내리는 겨울밤에도 잠 한숨 편히 잘 수 없었다. 실제로 눈 오는 밤이면 할머니는 잠이 들지 못하고 밖에 나가서 쇠스랑으로 눈을 긁어 내렸고, 그렇게 눈을 긁어내지 않으면 집 안 곳곳에서 무게를 버거워하는 기둥들의 신음 소리가 내 귀를 자극했다. 그때마다 나는 속으로 어서 무너져버려라, 어서 무너져버려라 하고 타령을 하였다. 그런 집이었다. 하늘을 가려주고 있는 슬레이트에는 군데군데 구멍이 나 있었고, 그런 구멍마다 용감한 풀들이 올라가서 살림을 차리고 살았다. 당연히 큰방에는 비만 오면 빗물받이를 놓아야 했다. 그런 집이었다. 나는 할머니네 집에 들어설 때마다 무덤을 떠올렸다. 무덤도 이보다는 더 환할 것이라고. 그만큼 할머니네 집은 어두웠다. 산 중턱에 있어서, 북향이라서 햇볕 한 줌 기어들지 않았다. 옛날 옛날 어느 산골 마을에 마음씨 좋은 할머니가 살고 있었는데……로 시작되는 옛날이야기에 나옴직한 집. 할머니네 집은 울타리도 없었다. 할머니의 농담처럼 며칠만, 아니 단 하루만 집을 비워도 산에서 사는 온갖 풀들이 마당으로 집으로 달려들어서 삽시간에 꿀꺽 집어삼키고야 만다. 할머니는 단 하루도 풀과의 전쟁을 멈추지 않았다. 아침저녁으로, 때로는 맨손으로 때로는 호미를 들고서, 때로는 뒷간에 가다가 때로는 밭에서 오다가, 풀만 보면 주저앉아서 쥐어뜯고 뽑아댔다. 그래서 우리가 풀한테 먹히지 않고 살 수 있었다. 그런 집이었다. 그런 집에서 할머니는 사 남매를 길러냈다니, 나 같으면 날마다 금가루를 먹고 살라고 해도 도망쳐버렸으리라. 어쨌거나 그런 집에서 나는 중학교까지 졸업하였다. 내가 네 살 때 이곳으로 왔다고 하니까 10년이 넘도록 여기서 산 셈이다. 그런 집이 눈을 뜨고 있다니, 아무리 궁리를 해도 알 수가 없었다. 자기 생을 다한 버섯보다 더 늙어버린 저 집에서, 대체 누가 숨을 쉬고 있는 걸까.

나는 조심조심 할머니네 집 쪽으로 몸을 옮겨 갔다. 내가 아무리 조심스럽게 발걸음을 옮겨도 눈보다는 귀를 더 믿고 살아가는 개는 속일 수가 없었다. 외딴집을 파수 보는 놈이라 그런지 그 그악스러움이 위협적으로 느껴졌다. 개가 산다는 것은 사람이 산다는 뜻이다. 길바닥에 풀이 없다는 것은 사람의 발길이 많다는 뜻이다. 길바닥도 누군가의 손길이 닿아서 삐딱하게 솟아오른 돌멩이나 나무뿌리 하나 없이 예쁘게 단장이 되어 있었고, 길 양쪽에는 꽃양귀비랑 마거리트들이 자기들만의 세상을 이루고 있었다.

휴대전화를 끄집어냈다. 아파트 경비실에서 혼자 라면 국물을 들이키고 있을 아버지를 떠올렸다가 고개를 흔들어버렸다. 어쩌면 학교에서 아버지한테 연락을 했을지도 모른다. 그다음으로 대학생인 큰누나. 그래도 큰누나는 내 이야기를 들어주는 편이지만 역시 초등학교를 졸업한 이후로는 제대로 깊이 있는 한마디 하지 않았고, 재수생인 작은누나하고는 어려서부터 사이가 안 좋았으니, 할머니네 집에 대해서 물어볼 사람도 없다. 고모들한테 연락해볼까 하다가 쓴웃음을 삼켰다. 고모들의 잔소리, 잔소리. 지겹다. 할머니네 집에서 며칠간 조용히 뒹굴다가 올라갈 작정이었다. 갑자기 막막해졌다. 배고프다. 눕고 싶다. 저 낡은 집이 완벽하게 나를 이 세상으로부터 격리시켜줄 거라고 믿었는데. 나는 나무에다 등을 기대고 있다가,

―누, 누, 누구세요?

하는 소리에 놀라면서 뒤돌아보았다. 내 또래의 여자가 서 있었다. 이런 경우 뭐라고 말을 해야 하는 건지, 내 마음속에서는 준비된 게 없었다. 실은 내가 먼저 여자한테 누구냐고 묻고 싶었으나 그럴 기회를 놓쳐버렸고, 그다음부터는 자꾸만 수세에 몰리는 기분이었다. 내가 계속 머뭇거리자 여자는 식수를 받으러 오셨냐고 물었다. 아마 낚시꾼으로 추정한 모양이었다. 그래도 나는 얼른 대답하지 못했다. 여자의 손에 들린 휴대전화가 울렸다.

―응, 엄마…… 모르겠어. 낚시꾼도 아닌 것 같고. 지금 이야기하고 있어. 응, 내가 이야기해보고……. 응, 알았어.

여자는 내 얼굴에 새겨진 상처를 보아서 그런지 두어 걸음 뒤로 물러났다. 더 이상 가만히 있어서는 안 되겠다는 판단이 들었다. 나는 모자를 더욱 눌러쓰고는,

―실례합니다만, 저 집에 사세요?

하고 물었다. 그냥 그렇게 나와버렸다. 또래니까 내 주특기인 반말을 하려고 했는데, 유니한테 처음 말을 걸 때에도 용감하게 반

말을 했는데 그게 맘대로 되지 않았다. 어색했다. 상대는 조금 놀라는 눈빛이었다.

—저기는 우리 할머니 집인데…… 그래서…….

여자는 내 얼굴을 빤히 보고는, 그럼 그쪽이 황진운이냐고 물었다.

—맞는데…… 누구우?

이번에는 어정쩡하게 반말이 나왔다.

—나, 오빠 알아요.

상대가 대뜸 나를 오빠라고 했다.

—오빠는 나 모를 거예요. 오빤 유명했잖아요. 우리 군에서 오빠 모르면 간첩. 여자들 사이에서도 유명했어요. 오빠가 주먹짱이라서 오빠를 무서워하는 여자들도 많았지만 오빠를 좋아하는 여자들도 많았어요. 오빤 얼굴도 잘생겼잖아요.

나는 맞장구를 치지도 못하고 그렇다고 부정하지도 못하고 그냥 그렇게 어정쩡한 표정으로 여자의 다음 말을 기다릴 수밖에 없었다. 내가 못생긴 얼굴은 아니지만 그렇다고 여자들 입방아에 오르내릴 정도로 잘생긴 얼굴이 아니라는 사실도 잘 알고 있었기에 약간 거부감도 있었지만 그냥 듣기만 하였다.

강지윤. 그녀의 입에서 강지윤이라는 말이 나올 때까지도 나는 그녀가 누구인지 감이 잡히지 않았다. 지금 고등학교 1학년인 지윤이는 버스에서 나를 몇 번 본 적이 있다고 웃다가, 아버지 이름이 강달수이고 흔히 강 봉사나 신마사라고 하는데 모르냐고 나를 보았다. 신마사라면 찜질방에서 일하는 그 안마사. 읍내에서 십 분만 가면 유명한 절이 두 개나 들어 있고 단풍까지 아름다운 큰 산이 있어서 평소에도 등산객들이 제법 몰렸는데, 이십여 년 전부터 온천까지 솟았으니 사철 내내 관광객들이 바글바글할 수밖에. 여기저기 사방에 온천 무늬가 그려진 호텔이나 모텔이 솟아올랐고 안마하는 곳과 사우나 찜질방도 수십 개나 들어섰다. 신마사도 그런 분위기를 타고 이곳으로 왔다. 신마사는 특이하게도 폐교가 된 초등학교에 들어선 찜질방에서 일을 했다. 처음에는 봉사가 찜질방에서 안마를 한다고 하여 할머니도 이상하게 생각했으나 딱 한 번 가보고는 대뜸 말이 달라졌다. 그는 한 시간 정도 안마를 해주고 오천 원 정도 받았으며, 할아버지 할머니들한테는 무료로 안마를 해주기도 하였다. 그의 손이 한 번만 거쳐 가면 찌르고 아리고 쑥쑥 쑤시는 몸이 개운해진다고 하여 사람들은 신이 내려준 안마사라는 말을 줄여서 신마사라고 불렀다. 그는 노인들에게 인기가 많았고, 할머니는 그를 참으로 귀하고 값진 사람이라고, 부처님 같은 사람이라고 치켜세웠다. 하지만 신마사가 어디에 사는지, 자식이 몇인지, 그런 게 나한테는 관심의 대상이 될 수가 없었다.

나는 지윤이를 보고 이제야 알겠다고 고개를 끄덕여주었다. 바람조차 들어오려고 하지 않을 정도로 낡은 집이니까 누가 들어와서 살든 상관이 없는데, 지금 당장이 문제다. 당장 오늘 밤이 문제다. 어디서 잠을 자야 하는지 막막하다. 이런 경우를 전혀 예상하지 않았기 때문에 더욱 막막하다. 도깨비나 귀신이 아니고는 들어올 엄두를 낼 수가 없는 집에, 마을에서도 한참이나 떨어져 있어서 우체부도 찾기 힘든 집에 누군가 들어와 있으리라는 상상을 어찌 할 수가 있었겠는가.

—오빠, 일단 집으로 가요.

누군가랑 통화를 하던 지윤이가 말했다.

—엄마가 같이 오래요. 지금은 버스도 끊어졌고요. 오빠, 우리가 살고 있는지 몰랐지요?

대답을 하자니 내키지 않았고 가만히 있자니 그것도 이상해서 그냥 밤하늘만 올려다보았다. 하늘에는 별만 총총하다.

—난 언니들도 다 알아요. 오빠 누나들. 오빠 할머니가 자주 이야기하셨어요. 할머니가 전에 살던 우리 집에 자주 오셨거든요. 허리 아플 때마다. 그때 언니들 이야기랑 오빠 이야기 많이 했어요.

—어, 그래. 물론 나에 대한 이야기는 듣기 좋은 말은 아니었을 테고. 그래도 할머니랑 니네 아빠랑 가깝게 지낸 것 같으니까 조금은 편하다만.

나는 거기까지 말하고는 지윤이 뒤를 따라갔다.

—우린 재작년 2월에 여기로 이사 왔어요. 이장님한테는 말씀드렸고, 아빠가 오빠 아빠한테도 말씀드렸다고 하던데? 사실 오

빠 할머니가 돌아가시자마자 오려고 했어요. 근데 오빠네하고 연락이 안 돼서……. 할머니가 아빠한테 몇 번 말씀하셨거든요. 할머니가 돌아가시면 아이들이 서울로 갈 것이고, 그러면 집이 빌 테니까 와서 살라고. 그 뒤로 내가 몇 번 와서 봤어요. 난 반대했어요. 집이 너무 외지고, 게다가 도로하고 멀어서 아빠가 일 나가기도 힘들고. 근데 부모님은 좋아하셨어요. 우리 아빠 100프로 실명된 게 아니거든요. 5프로 정도는 빛을 볼 수 있대요. 엄마는 맹인이 아니고요. 전에 우리는 비닐하우스 집에서 살았어요. 나도 그 집보다는 낫겠지 하고…….

대문이 있어야 할 자리에는 나하고 나이가 비슷한 보리수나무가 서 있었고, 그 밑에 하얀 진돗개가 앉아서 나를 향해 노골적으로 적대감을 드러내고 있었다. 지윤이가 큰 소리를 치고 목 끈을 잡아당기고 달래도 소용없었다. 개한테 그런 대접을 받자 내가 불청객인 것만 같아 마음이 찜찜했다. 마당에는 환하게 불이 켜졌고, 초등학교 저학년으로 보이는 남자아이와 여자아이가 토방 아래서 서성거리고 있다가 지윤이를 보더니 손을 흔들었다. 나는 거의 본능적으로 할머니네 집을 둘러보았다. 내가 마당으로 들어서면 할머니는 개가 알려주지도 않았는데도 내 발걸음 소리를 듣고 저 마루에서 나와 아가, 하고 불렀다. 할머니는 돌아가실 때까지, 당신보다 한 팔 이상이나 큰 나를 아가라고 불렀다. 할머니한테 나는 영원한 아가였다. 그런 내 눈에 할머니만큼이나 작은 여자가 보였다.

─어서 오섭서어.

분명히 나를 존대하는 말투로 들렸다. 여자는 지팡이를 짚고 토방으로 내려섰다. 꼽추였다. 접혀진 허리를 다 펴면 그리 작은 키가 아니었으나 가재 꼬리처럼 굽은 허리가 등 쪽으로 밀려나면서 몸의 균형이 흐트러져 있었고, 왼쪽 팔도 뒤로 굽어 있었다. 얼굴도 까맸다. 노동으로 까매진 얼굴이 아니었다. 입술도 두툼했다. 지윤이가 언질을 주지 않아도 동남아시아 어느 나라에서 왔음을 알 수 있었다. 그제야 지윤이랑 그 옆에 있는 아이들을 보았다. 두 아이가 그 여인이랑 같은 핏줄임을 쉽게 알 수 있었다.

─오빠, 우리 엄마고, 우리 동생들.

지윤이가 소개를 하자 내가 꼽추한테 인사를 했다.

─어서 오섭서예에, 오세여어.

도대체 나이를 짐작할 수 없는 그 여인은 손을 뻗었다가 내가 가만히 있자 다시 웃으면서 안으로 들어가자고 손짓했다. 얼굴은 까매도 그리 나이가 들어 보이지 않았다. 눈은, 그러나 눈은 할머니의 눈이 떠오를 정도로 깊어 보였고, 이마도 주름이 깊었다. 하얀 이는, 그러나 하얀 이는 아직 건강해 보였다. 그런 여자였다.

내가 십 년도 넘게 살았던 집으로 들어섰다. 그 지긋지긋하게 탈출하고 싶었던 집, 무덤 같았던 집, 단 한 번도 편안하다고 생각

해본 적이 없었던 집, 그 늙은 호박 같은 집으로 들어섰다. 집 안은 예나 지금이나 똑같았는데 그때처럼 어둡지도 않았고, 그때처럼 늙어 보이지도 않았고, 그때처럼 뭔가 썩은 냄새도 나지 않았다. 어디선가 이 집의 폐를 신선하게 해주는 맑은 기운이 샘솟고 있었다. 얼마나 이곳이 싫었는지 모른다. 이 방 안에 있었던 모든 것들. 할머니야 더 말할 필요도 없고, 누나들까지 늙어 보였으며, 우리의 책가방, 텔레비전, 옷, 컴퓨터, 전화기, 밥상…… 그 모든 것들이 늙어 보였다. 나는 어려서부터 그런 생각을 했다. 이곳에만 들어오면 뭐든 늙어 버린다고. 고추나 토마토처럼 빨갛게 익어서 나이든 것이 오히려 더 먹음직스럽고 아름다운 완숙이 아니라, 오이나 호박처럼 쭈글쭈글하고 누리끼리하게 쇠락해가는 것들뿐이라고.

할머니네 집은 방이 두 칸이었다. 큰방에서는 할머니랑 누나들이 잠을 잤고, 온갖 씨앗부터 말린 산나물까지 보관되어 있던 작은방에서 나는 십 년을 견뎌냈다. 지윤이는 나를 작은방으로 안내했다. 형광등을 품 얻지 않아도 방 안은 그리 어두워 보이지 않았다. 뒤쪽으로 나 있는 커다란 창이 수십 년간 우울증에 걸려 있던 방 안을 말끔하게 치료해주었다. 아이들이랑 지윤이가 보는 책들이 제법 야무지게 들어차 있었고, 연예인들 사진이랑 만화 컷이 여기저기서 키득거리고 있었으며, 천장에는 야광 스티커들이 박혀서 즐겁게 놀고 있었다. 이렇게 그 방이 변할 수 있을까. 불을 켜도 어두웠고, 바닥에서는 쥐며느리나 노래기나 돈벌레들이 여기는 우리 땅이라고 텃세를 부리던……. 그런 말을 하면 거짓말이라고 웃겠다. 하긴 나는 한 번도 내 방을 꾸미겠다는 생각을 해본 적이 없다. 어서 그 방에서 달아나고 싶었을 뿐, 벽에다 내가 좋아하는 연예인들 사진이라도 붙여놓고 한판 웃어보기라도 했다면 얼마나 좋을까.

─오빠, 밥 안 먹었지요?

지윤이가 물었다.

─솔직히…….

그 말을 하다가 괜히 쑥스러워 눈길을 돌려 버렸다.

곧 지윤이가 밥상을 들고 왔다.

─내가 라면 끓이려고 했는데 엄마가 안 된대요. 안 맞아도 이해하세요.

쌀밥에다 풋고추가 박힌 된장이 보였다. 김치와 호박을 넣어 끓인 찌개도 보였다. 처음에는 지윤이를 의식하면서 천천히 먹었으나 어느 순간부턴지 내 수저질이 빨라졌다. 혀끝이 맛을 가늠할 만큼 내 배 속이 기다려주지 않았다.

밥그릇을 거의 다 비워갈 즈음 밖에서 자동차 경적 소리가 울렸다. 헛기침을 앞세우면서 신마사가 들어섰다. 내가 일어서자 신마사는 앉아 먹으라고 하였다.

─어여 들게, 들어. 말은 들었네.

분명히 존대하는 말투였다. 아까 지윤이 어머니도 나를 존대하더니, 이 집에 사는 어른들은 나 같은 아이한테도 다 존대를 하는 모양이다. 어쩐지 세상 사람들하고는 달라 보인다. 세상에 태어나서 처음으로 어른한테 받아보는 따뜻한 말에, 이곳이 왠지 내가 있을 자리가 아닌 것만 같았고, 그가 나를 다른 사람으로 착각하고 있는 건 아닌지 헷갈리기도 했다. 신마사는 우리 아버지보다 더 나이가 들어 보이는 얼굴로, 5프로 정도 빛을 구별할 수 있다는 눈으로 나를 보기 위해서 지나치게 턱을 들어 올리면서 애써 웃어주었다. 앞머리는 콧등까지 내려올 정도로 길었다. 흰 올 하나 없는 머리였다. 180센티미터가 넘는 키에다 갸름한 얼굴이어서 눈만 성했다면 꽤나 여자들에게 시달렸음직한 상이었다. 목소리도 가늘고 맑았다.

—그래, 아버지도 잘 계신가? 한번 오신다고 하더니만……

나는 신마사를 정면으로 쳐다보지 못했다. 맹인들의 상징인 까만 안경이 눈을 가리고 있으나 5프로 빛을 구별할 수 있다는 사실이 나를 불편하게 하였다. 그 5프로 빛을 찾아낼 수 있는 시력이 내 마음속 깊은 곳까지 들여다보는 것만 같았다.

—할매 생각나서 왔구먼. 그래, 불편해도 편히 자소.

나는 자꾸만 얼굴에 난 상처가 의식되었고, 그래서 더욱 고개를 숙이면서 괜찮다고 대답했다. 그가 일어나서 방을 나갔다. 지윤이가 밥상을 들고 따라 나갔다. 나는 배 속이 가득 찬 포만감을 이기지 못하고 방바닥에 누웠다. 내 의지로는 당해낼 수 없는 졸음이 밀려왔다. 에라, 모르겠다. 나는 항복하듯이 두 손을 머리 위로 들어 올린 채 잠이 들어 버렸다. 꿈도 없는 깊은 잠이었다.

지윤이가 부르는 소리에 눈을 떴다. 잠깐 잠이 든 기분이었으나 두 시간이나 잔 모양이다. 시간은 자정에 가까워지고 있었다.

—괜히 깨웠나 봐요? 이것 바르고 자라고…….

지윤이가 상처를 아물게 하는 연고를 내밀었다.

—엄마가 갖다주라고 했어요. 얼굴은 잘못하면 흉터 날 수도 있다고요.

—야, 고맙다. 오늘은 참 별스런 날이네. 생각지도 않게 싸웠고, 생각지도 않게 여기를 내려왔고, 생각지도 않게 너희 식구들을 만났고, 생각지도 않게 환대를 받고……. 이게 꿈이 아니었으면 좋겠다.

나도 모르게 속내를 드러내고 말았다.

지윤이도 속엣말을 하였다.

—오빠, 실은 나도 첨에는 당황했어요. 근데 엄마랑 아빠랑 통화하면서 마음 놨어요. 무슨 사정이 있으니까 이런 밤에 왔겠지. 무조건 집으로 모셔라, 두 분이 그랬거든요.

나는 지윤이 말을 조금도 의심하지 않는다고 낮게 말했다. 특히 나를 모시라고 했다는 그 대목에서 이상하게도 가슴이 뭉클해졌다.

　―우리 아빠 원래 도시에서 살았어요. 맹인들을 수십 명이나 고용하고 있는 규모가 큰 안마방에서도 일했고 한때 돈도 제법 만졌대요. 우리 아빠 맹인이어도 많은 여자들이 따랐는데, 다들 아빠를 이용해서 돈만 가로채서……. 아빠가 가끔 농담하시는데, 사기당한 돈을 다 모아놓으면 하늘에 닿을 거라고요. 게다가 안마하는 곳이 너무 퇴폐적으로 변해버려서 안타까워하셨어요. 요즘은 안마라는 말이 들어가면 거의 다 퇴폐적인 곳이래요. 그래서 아빠는 줄곧 혼자 안마를 하셨고, 여기저기 지방 도시를 떠돌다가 여기까지 온 거래요. 찜질방이 편하대요. 평생 농촌에서 살아온 어른들 몸을 만져주는 게 너무 보람차대요. 어쨌든 저는 그 비닐하우스에서 태어났는데, 나를 낳아준 엄마는 내가 일곱 살 때 돌아가셨고, 5년 전에 지금 엄마랑 동생들이랑 합쳤어요. 오빠가 본 것처럼 지금 엄마는 경상도 어느 마을로 시집 온 필리핀 사람이에요. 완전 사기 결혼을 했대요. 믿어지지 않아요. 글쎄 결혼해서 한국에 와보니 신랑이 중풍에 걸려서…… 간신히 걸어 다니기는 하지만 일은 전혀 할 수가 없었대요. 그런 사람이랑 살게 된 거지요. 신랑이 쌍둥이라서 다른 형제가 필리핀에 가서 신랑 노릇을 한 거예요. 그래도 살아보려고 했는데, 날마다 시어머니랑 남편이 때리고, 소처럼 묶여서도 살았대요. 그래서 도망쳤대요. 그때부터 여기저기서 일하다가 만난 남자들이랑 잠깐씩 살기도 하고, 저 두

아이가 그래서 나온 것이고, 안타깝게도 교통사고를 당해……. 물론 아빠랑 정식으로 결혼한 건 아니지만 그게 중요한 건 아니잖아요. 난 아빠의 선택을 존중해요. 우린 여기서 참 좋아요. 아까 오빠 그랬지요? 이게 꿈이 아니었으면 좋겠다고요. 난 날마다 그런 생각 해요.

나는 그냥 들어주기만 했다. 그래도 기분이 좋았고, 놀랍게도 지윤이가 부러워졌다. 지윤이네 처지가 나하고 별로 달라 보이지도 않거늘, 대체 무엇이 그녀를 행복하게 하고 있을까.

나는 다친 부위에다 연고를 바르고 밖으로 나갔다. 이번에는 개가 짖어대지 않고 나를 손님으로 예우해주었다. 하늘에서 내려오는 빛만으로도, 집을 에워싸고 있는 나무와 풀과 온갖 살아 있는 것들의 몸에서 우러나는 빛만으로도 이 작은 마당은 환했다. 여기서 살아갈 때는 그런 생각을 한 번도 하지 않았다. 밤에 마당이 환하다는 생각도 처음이고, 마당 색이 참 곱다는 생각도 처음이고, 하여 신발 벗고 다니면 발바닥에 닿는 감촉이 괜찮겠다는 생각도 처음이다. 왜 이제야 이런 것들이 느껴지고 보일까. 내가 무엇이든 더디고 느려서 그때그때 상황을 파악하는 게 아니라 그 시기가 지나고 나서야 깨닫게 되는 걸까. 그렇게라도 되기만 한다면 좋겠다. 늦어도 좋으니까 다른 사람들이 깨닫고 느끼는 것만큼 알았으면 좋겠다.

휴대전화를 켰다. 부재 중 통화가 열 통이 넘었다. 모두 다 유니한테 온 전화였다. 문자 메시지도 유니한테 온 것뿐이었다. 나는 유니한테 전화를 할까 하다가 한숨을 내쉬면서 뒤란으로 돌아갔다.

뒤란에는 산에서 모인 급한 물살이 함부로 집을 해코지하지 못하도록 돌담이 제법 깡다구 있게 쌓여 있었고, 그 돌담 아래쪽으로 맨드라미랑 봉숭아랑 또 내가 알 수 없는 꽃들이 이 집에서 살아가는 사람들의 수발을 받으면서 어우렁더우렁 살고 있었고, 그 돌담 오른쪽 모서리에 나무 울타리를 쳐서 만든 샤워실이 보였다. 슬쩍 들여다보는 내 눈에서 웃음이 흘렀다. 바닥에는 어른들 서넛이 힘을 쏟아야 운반할 수 있는 넓적한 돌멩이 두 개가 놓여 있었고, 옷걸이용으로 보이는 나무가 박혀 있었고, 그 나무 위에 샤워 꼭지가 매달려 있었다. 샤워 꼭지로 나오는 물은 집이 아니라 산에서 받아 오는 것 같았다. 우리가 살았을 때는 상상도 할 수 없었던 풍경들이다. 나는 당장 옷을 벗고 찬물을 흠뻑 뒤집어쓰고 싶은 충동을 누르면서 다시 휴대전화를 보았다. 메시지가 또 왔다.

—야, 황진운, 너 진짜 연락 안 할 거야? 이 나쁜 놈!!! 너 오늘 중으로 연락 안 하면 너하고는 끝이다. 진짜 나 지금 카운트다운 중이다.

나는 밤하늘을 보면서 유니한테 전화를 걸었다.

—유니야, 나.

─어디야? 진짜 거기 간 거야, 아무도 살지 않는 빈집에? 거기로 도망친 거야?

─도망은 아니야. 며칠만 쉬고 싶었어. 올라가서 자세히 말할게. 너한테는 미안해.

─이제 널 믿을 수 없어. 너에 대해서 다시 생각할 거야. 나, 그동안 몇 번이나 흔들렸는데…… 그래도 네가 착해서 그걸 믿고……. 난 싸우는 게 제일 싫다고 했잖아. 근데 그것 하나 못 고쳐? 며칠간 나도 잠수 탈 거야. 너한테 계속 연락을 할 수 있을지 그건 장담할 수 없어. 너에 대한 신뢰가 바닥이 나서 새로운 배터리가 들어오면 모를까……. 끊어.

그렇게 전화는 끊어졌다. 쓸쓸했다. 순간 머리가 흔들렸다. 당장 달려가서 유니를 잡고 한 번만 딱 한 번만 더 기회를 달라고 애걸하고 싶은 충동이 몸을 흔들었다.

아, 정말 꼬인다.

이게 다 김한조 때문이다. 고등학교 2학년치고는 키가 큰 김한조는 좀 논다는 놈이다. 게다가 패거리들까지 있었다. 모두 다섯이었고, 우두머리가 김한조였다. 김한조는 신학기가 시작된 지 이틀 만에 나한테 시비를 걸었다. 나만 평정해버리면 우리 반에서는 자신들에게 대항할 사람이 없다고 판단을 한 모양이다. 나는 늘 혼자였으나 누구도 함부로 건드리지 못하는 폭탄 같은 존재였다.

나는 늘 보이지 않는 글씨로, 하지만 사람의 표정을 볼 줄 아는 치들이라면 쉽게 알 수 있도록 누구든 나를 건드리면 가만두지 않는다는 경고의 문구를 얼굴에다 써 붙이고 다녔다. 게다가 나에 대한 소문도 어느 정도 퍼져 있는 터라 쉽게 건드리는 사람이 없었다. 그런 나를 김한조는 집요하게 건드렸다.

─야, 김한조, 나는 너랑 아무런 감정도 없으니까 나 좀 모른 체해주라. 나도 너희들 모른 체해줄게. 부탁이다. 우리가 굳이 서로 으르렁거릴 필요 없잖아.

내 말에 김한조는 콧방귀를 뀌었고, 그때부터 집요하게 나를 자극했다. 자신들의 패거리를 믿고 싸우기만 하면 내 콧대를 꺾을 수 있을 거라고 확신하는 눈치였다. 아예 내 귀에 들리도록 노골적으로 비아냥거리기도 하였고, 몰래 내 가방을 담배꽁초로 지져 놓기도 하였고, 내가 싸움을 잘한다는 것이 허풍이라고 떠들고 다녔다. 한번은 혼자서 걸어가고 있는데 그 패거리가 오토바이를 타고 나타나서 위협하면서 자기 패거리로 들어오면 언제든 환영해주겠다고 하였다. 나는 그때 하마터면 녀석에게 하이킥을 날릴 뻔했다. 신을 믿는 사람들이 순간적으로 주여, 하듯이 나 역시 순간적으로 유니야, 하고 참았다.

어찌 보면 오늘도 녀석들은 헌수가 아니라 나를 염두에 두고 있었는지 모른다. 헌수는 자기 입으로 자신의 성 정체성에 대한 말을 하지는 않았지만, 우리 반 아이들은 그가 남자가 아니라 여자에 가깝다는 사실을 알고 있었다. 심지어 헌수는 체육복도 교실이 아니라 화장실에서 갈아입고 오는 놈이다. 170센티미터의 신장에다 S라인에 가까운 허리는 뒤에서 보면 완전한 여자의 몸매였고, 목소리도 약간 가늘고 높은 여자 음성이었으며, 얼굴은 전혀 치장을 하지 않고 짧은 머리임에도 불구하고 너무나 예뻐서 진짜 여자가 아닌가 하는 착각이 들 정도였다. 김한조는 헌수를 볼 때마다 그의 팔을 잡으려고 하거나 가슴을 더듬으려고 하거나 심지어는 엉덩이를 만지고 강제로 껴안기도 했다. 그때마다 헌수는 울음이 터질 듯한 표정으로 발악하면서 그의 품에서 빠져나갔다. 그러면 패거리들이 와서 헌수를 잡고 아예 집단 성폭행을 하듯이 몸을 만지고 가슴을 주물렀다. 헌수가 심하게 반항을 하면,

　―야, 다 장난이잖아. 네가 무슨 여자야? 남자니까, 친구니까 그러지. 자, 봐라. 우리도 이렇게 놀잖아.

　그러면서 서로 껴안고 키스하고 성행위하는 동작까지 연출하였다. 그래도 누구 하나 헌수 편을 들지 않았다. 헌수는 그런 아이였다. 자기편은 아무도 없었다. 무슨 소문이 났는지 모르겠지만, 지난 5월 초에는 어떤 학부모가 담임 선생님한테 헌수 때문에 반 분위기가 안 좋으니까 무슨 조치를 취해달라는 말까지 했다는 소문이 돌았으며, 학교에서도 헌수 문제를 두고 심각하게 고민하고 있다는 정보를 반장이 흘리기도 했다. 헌수는 늘 혼자였다. 나도 혼자였다. 우리 반에서 둘만이 혼자였다. 그렇다고 우리 둘이 친한

사이도 아니었다. 나는 헌수한테 관심이 없었고 헌수 역시 나한테 관심이 없었다. 그러니까 오늘도 충분히 모른 체할 수 있었다.

다시 전화가 왔다. 내가 모르는 전화번호였다. 나는 망설이다가 전화를 받았다. 헌수였다. 얼마나 서로에게 관심이 없었으면 같은 반인데도 전화번호가 저장되어 있지 않았다. 헌수는 내 목소리를 확인하자마자 주춤거렸다. 나한테 미안해서 내 전화번호를 찾으려고 꽤나 노력했음을 느낄 수 있었다. 헌수는 첫마디부터 미안하다는 말을 되풀이하였다. 나는 됐다고 소리치고 싶은 걸 꾹 참았다. 너 때문에 유니하고 헤어지게 생겼다고 악이라도 쓰고 싶었다. 그 말이 목구멍을 넘어왔으나, 힘을 빼고 고해성사에 가까운 말투로 말하는 헌수의 목소리가 들리자 강하게 내지르고 싶은 말들이 그냥 맥없이 목구멍으로 다시 넘어가버렸다.

─아까 선생님 만났어. 우리 부모님이랑. 나, 나, 나…… 더 이상은 버티기 힘들어서…… 부모님한테는 죄송하지만…… 혼자 하려고 해. 공부는 혼자 해도 되잖아? 그동안 힘들어도 학교를 다녔던 것은, 그래도 학교에 가야 나랑 비슷한 생각을 가진 사람들을 볼 수 있잖아? 그래서, 그래서 나간 건데…… 학교에서도 자퇴하기를 바라고. 그럼 모든 문제가 해결될 거야. 너도 별일 없을 거야. 담임이 그런 식으로 말했어. 진운아, 하지만 가만두지 않을 거야. 나 말야, 나아…… 오늘이 첨이 아냐. 그놈들한테 몇 번이나 당했어. 성폭행…… 너도 내가 성폭행이라고 하니까, 느끼하고 웃

음만 나오고 말도 안 된다고 생각하지? 그럴 거야. 나도 알아. 그
것까지 이해해달라는 말은 하고 싶지 않아. 하지만 난 성폭행을
당했고…… 참아왔는데, 이제는 참을 수 없어…….

 갑자기 헌수의 목소리에서 힘이 느껴졌다. 가만두지 않으면 어
떻게 할 거냐고 묻고 싶었으나 어떻게 하는지 지켜보고 싶었다. 그
러면서도 한편으로는 섬뜩한 느낌이 들어서 괜히 긴장이 되었다.

 지윤이가 마당 한복판에 앉아서 작은 모닥불을 살려내고 있었
다. 크고 작은 나무들을 쌓아올리고 아직은 여린 불길이 나무와
나무 사이를 오가면서 잘 타오를 수 있도록 조절해주는 솜씨가
능숙했다. 나는 이곳에서 살면서 이렇게 모닥불을 살려본 적도 없
다. 그러고 보니 나는 이곳에서 살아가면서 한 것이 없다. 그냥 할
머니가 차려주는 밥을 먹고 뒹굴다가 컴퓨터에 매달려서 날마다
게임만 했을 뿐이다. 아무리 할머니가 타박을 해도 나는 컴퓨터밖
에 몰랐으며, 집 안으로 들어오는 파리며 모기, 무당벌레, 거미 같
은 것들을 봐도 아무런 감정이 들지 않았고, 집 둘레에서 살아가
는 것들이 군것질감이라고 내미는 단감이며, 대추며, 자두며, 살
구며, 참외며, 수박이며, 오이며, 까마중이며, 으름이며, 보리수 따
위를 보고도 입맛 다시지 않았고, 처마 밑에서 끈질기게 집을 짓
고 살림 차린 제비며, 화장실 옆에다 집을 지은 굴뚝새며, 박새며,
딱새 따위를 보고도 호기심이 부풀지 않았다.

지윤이가 통나무 하나를 끌어다가 앉으라고 하였다.

—난 친구들 오면 항상 이렇게 마당에다 불 피우고 놀아요. 다들 좋아해요. 아직까지 우리 집에 온 친구들 중에서 불을 싫어한 사람을 본 적이 없어요. 불 피워놓고 앉아서 도란도란 이야기하다 보면, 다들 자기 가슴속에 든 말을 하면서 편해지고 친해지고 풀리고 이해하려고 하고 들어주고 그래요. 한번은 교회 다니는 친구가 왔는데, 저 불이 목사님보다 예수님보다 더 신비한 힘이 있다고 농담까지 했어요.

—불이 그런 힘을 가지고 있다니, 놀랍네. 좌우간 나, 여기 와서 판타지 세계가 현실 속에 있구나, 그런 생각 했어. 여기가 판타지 세계야. 난 여기 살면서 내가 살아 있다는 생각, 내가 살아간다는 생각 안 했어. 내가 네 살 때 왔다는데, 여긴 친구도 하나 없지, 누나들도 나랑 놀아주지 않지, 난 늘 죽고 싶었어. 저 저수지에 빠져버릴까도 생각하고. 산다는 게 싫었어. 늘 일만 하는 할머니, 아빠는 명절에나 오시고, 엄마는 없고. 그러니 무슨 재미가 있었겠니? 이 집에 있는 것보다 차라리 누군가랑 치고받고 싸울 때가 더 좋았어. 난 이 집을 무덤이라고 생각했지. 어서 나가야 한다고. 아빠만 오면 데려가라고 매달리고 울고, 아빠 차 키를 몰래 훔치기도 하고. 여기는 내가 살 곳이 아니라고, 아빠가 사는 서울로 가고 싶었어. 근데 너희는 나랑 너무 다르게 살아. 집이 숨 쉬고 있다는 게 느껴져. 부럽다.

—내가 보아도 우리 집은 살아 있는 것 같아요. 예전에는 집에 오면 더 축 처지고 우울해지고 그랬는데, 요즘은 집에만 오면 지친 몸이 더 살아나고 금방 피로도 풀리고 내 몸이 막 꿈틀거리는 것 같고요.

모닥불이 우리의 몸을 따스하게 해주었다. 한여름이라고 해도 밤을 지새울 때는 반드시 모닥불이 필요하구나.

—나도 많이 싸우면서 컸어요. 우리 아빠가 장애인이잖아요. 그것도 아이들이 가장 놀려먹기 좋은 맹인. 난 기댈 만한 언니나 오빠도 없었고, 힘 있는 엄마도 없었고, 그냥 나 혼자 모든 일을 처리해야 했어요. 그래도 초등학교 고학년이 되면서는 안 싸웠어요. 그런 게 시시해지고, 해서 무시해버리고 살았어요. 난 죽어라고 공부만 했어요. 공부로 나의 모든 단점을 감추고 싶었고, 실제로 그게 어느 정도는 통했는데, 중학교에 오자 힘들어지기 시작하더라고요. 안 돼요, 과외 하는 애들한테는. 중학교 2학년 3학년 되면서 점점 밀리기 시작하는데 걷잡을 수가 없었어요. 게다가 남친하고 갈등까지 생겼어요.

갑자기 지윤이의 목소리가 낮게 떨렸다. 지윤이는 중학교 1학년 때 남친이 생겼다고 했다. 잘생기고 공부도 잘하고 기타도 잘치고, 한마디로 팔방미인이었다. 지윤이는 남친한테 푹 빠져버렸다. 남친도 지윤이를 좋아했다. 순탄하던 둘의 관계는 남친의 부모님이 개입하면서 금이 가기 시작했다. 남친의 어머니가 지윤이에 대해서 관심을 갖기 시작했고, 지윤이가 맹인 안마사의 딸이라는 사실을 알면서부터 남친한테 변화가 생겼다. 안타깝게도 남친은 마마보이에 가까운 아이였다. 자기는 헤어지기 싫지만 엄마가 헤어지라고 하니까 어쩔 수 없다고 울먹였다. 그런 모습까지도 지윤이는 밉지 않았다. 그만큼 남친이 좋았다. 하지만 남친의 어머니가 집에까지 와서 지윤이한테 헤어지라고 하자, 더 이상은 버틸 수가 없었다.

　―오빠, 그때 난 남친의 어머니가 미운 게 아니라 우리 아빠가 미웠어요. 난 왜 저런 사람의 핏줄일까? 아빠가 맹인만 아니었으면, 아니었으면……. 게다가 꼽추가 된 외국인 엄마라니. 최악이 잖아요? 이보다 더 최악이 어딨어요? 여기로 이사 왔을 때가 중2 봄이었는데 진짜 많이 힘들었어요. 그냥 살아 있다는 게 억울하고 힘들어서 걸핏하면 엄마 아빠한테 대들고 그랬어요. 어느 날 아빠가 날 부르더니…… 지윤아, 더 이상 널 못 보겠다. 그렇게 힘들면 떠나라. 자유롭게 훨훨. 난 누구도 붙잡지 않는다. 언제든지, 비록 네가 내 자식이다만, 난 널 붙잡고 싶은 생각이 추호도 없으니까, 하고 말씀하시는데 가슴이 칵 막히더라고요. 자유롭게 떠나라는 아빠의 말만 떠올리면 가슴이 막혔어요. 그때부터 심하게 우울증을 앓았어요. 공부도 안 되고, 친구들도 보기 싫고. 그런데 어느 날 집에 오니까, 어머니랑 동생들이 꽃을 심고 있는 거예요. 알 수 없는 일이었어요. 보통 때는 나를 불러도 잘 들리지도 않고 보이

지도 않던 어머니랑 동생들이 그날따라 선명하게, 마치 크레파스 그림처럼 눈에 들어오는데, 한참 눈을 감았다가 다시 떠보니 우리 집 마당가에 꽃들이 엄청 많았어요. 우리 집 마당에 그렇게 많은 꽃들이 살고 있는 줄 몰랐어요. 마루에도 화분에 알 수 없는 꽃이 살았고, 동생들은 뒤란에다 토끼랑 쥐도 키우고 있었고, 아버지랑 어머니는 틈이 날 때마다 돌담을 쌓고, 마당을 가꾸고, 나무를 심고, 내 방에다 창문도 새로 달고. 그러다가 마당에 꽃들이 환하게 피자, 앵두 자두 복사꽃부터 온갖 풀꽃들이 피자 내가 웃지 않을 수 없었어요. 그랬어요, 그때부터였어요. 내가 이 집이 살아 있다는 걸 느낀 것은…….

나는 이 집보다 비닐하우스가 더 좋았고, 언젠가 여름에 누나들이랑 싸우고 집을 나갔다가 며칠 밤 잔 적이 있는 마을 아래쪽에 있는 새마을다리 밑이라든가 금줄을 치렁치렁 매달고 있는 당산나무 옆에 있는 정자라든가 누군가 저수지 둑에다 두고 간 찢어진 텐트가 이 집보다 더 좋았고, 할머니가 입원한 병실에 있는 작은 간이침대가 이 집보다 더 편했다. 나에게 집이란 그런 곳이었다.

나는 이 집이 살아 있다는 생각을 해본 적이 없다. 아니, 그럴 겨를이 없었다. 그만큼 나는 힘들었다. 나라는 몸 하나를 지키면서 살아가기에도 벅찼다고나 할까. 그런 생각을 하자 더 이상 앉아 있을 수가 없었다. 괜히 가슴이 울컥했다. 나는 아무런 말 없이 마당을 벗어나서 저수지 쪽으로 내려가기 시작했다. 지윤이가 빠르게 따라붙었다.

—바람 쐬러 가는 거니까 오지 않아도 돼. 부모님이 걱정하시잖아.

—오빠가 그런 사람이라고, 그런 사람이라는 말이 조금 이상하지만, 하여간 그런 사람이라고 판단되었으면 애초부터……. 우리 아빠 무서워요. 비록 앞은 안 보여도 낚시꾼들이 함부로 못해요. 아빠한테 잡히면 황소도 꼼짝 못해요. 한번 조폭 흉내 내는 낚시꾼들이 왔는데, 아버지 어머니가 장애인이라는 것을 알고는 막무가내 이것저것 달라, 결국 방 하나 달라고 하더라고요. 돈을 줄테니까 달라고 하더니, 나중에는 밥까지 해달라, 술을 달라, 막 그러는 거예요. 방에서 윗옷을 벗고 문신투성이 몸으로 위협하면서. 어머니랑 내가 할 수 있는 데까지 했어요. 근데 그중 한 사람이 나를 뒤에서 껴안다가 아빠한테 걸렸어요. 아빠는 앞이 안 보여도 느낌으로 알아요. 말소리 들으면 안대요. 저 사람이 나쁜 사람인가 아닌가. 그래서 아니다 싶으면 단호해요. 여기 낚시꾼들 많이 혼났어요. 아빠한테…….

—나는 아버지한테 일단 합격한 셈이구나. 나쁜 사람은 아니라고. 난 좋은 사람이라고. 착한 학생이라는 말을 들어보지 못했는데…… 집에서건 학교에서건 친구들 사이에서건 어디에서건. 나 오늘도 한판 뜨고 왔잖아. 그냥 몇 놈 쥐어패고 도망쳐 온 거야.

갑자기 여기가 생각나서, 며칠만 빈집에서 묵어 갈 생각으로.

 내가 힐끗 쳐다보자 지윤이는 별로 동요하지 않는 눈빛으로 나를 잠깐 마주 보았다가, 그래도 할머니네 집이 싫지는 않았던 모양이라고, 그래서 무의식중에 몸을 이쪽으로 끌고 온 게 아니냐고 맞게 말했다. 나는 저수지 둑이 보이자 잠깐 휘파람을 불었다가 그럴지도 모른다고 대꾸하였다.

 ─중학교 1학년 겨울방학 때야. 나랑 친한 친구를 다른 학교 선배들이 때렸어. 당연히 내가 참지 않았고, 패싸움이 벌어졌어, 읍내 하천가에서. 그놈들이 밀리니까 돌멩이랑 막대기를 들었고 그래서 싸움이 커졌어. 많이 다쳤어. 나도 어깨가 빠지고 코뼈도 내려앉고 이도 흔들리고. 다음 날 경찰이 우리 집에 왔어. 경찰서에 가니까 내가 주동자가 되어 있더라고. 뭐 그런 일이 한두 번이 아니라서 체념해버렸지. 항상 그랬거든. 내가 잘못했든 안 했든 싸우면 항상 내가 다 뒤집어썼어. 경찰이 나를 소년원에 넘긴다고 하기에 그러라고 했어. 그때 할머니가 오셔서 형사들한테 울고 빌고, 아빠도 오셔서……. 그로부터 한 달 뒤에 할머니가 병원에 입원하셨고, 얼마 있다가 돌아가셨어. 나 때문에 돌아가신 거지. 나 알아. 내가 할머니를 돌아가시게 한 거야. 나 혼자 할머니 임종을 지켜봤어. 갑자기 주무시다가 날 부르더니 아가아, 할매 부탁 있어, 제발 싸우지 마, 안 그러면 할매 죽어서도 눈 못 감어, 하시는데 미치겠더라고. 내가 울면서 고개 끄덕이는 사이에 돌아가셨어.

나 그때 많이 울었어. 내 몸이랑 할머니 몸을 바꾸고 싶었어. 내가 죽고 싶었어. 다들 내가 할머니를 잡아먹었다고 했어. 난 죄인이었어. 그래서 더욱 이 집에서 도망치고 싶었어. 할머니 무덤 앞에서 진짜 안 싸우겠다고 약속도 했지만, 그것 참 안 되더라.

유니한테 내 아픈 과거를 들춰 보이면서 한편으로는 미치도록 가슴이 쓰렸으나 또 한편으로는 내 모든 이야기를 다 들려주고 싶을 정도로 유니가 편했는데, 오늘 처음 보는 여자한테 이런 말을 하다니, 더구나 나이도 어리고 나하고 사귀는 것도 아닌데. 나라는 사람을 이해할 수 없었다. 내가 이렇게 말하기를 좋아하는 사람이라니.

할머니가 돌아가시자 아빠는 더 이상 우리를 이곳에다 남겨둘 수 없었다. 나는 갑작스럽게 서울로 전학을 갔다. 하루라도 빨리 이곳을 탈출하고 싶었으나 막상 서울 속으로 들어가자 숨이 막혔다. 게다가 지하방이 나를 기다리고 있었다.

—연립주택 지하방에 아빠가 살고 있었어. 생김새만 다를 뿐 할머니네랑 똑같더라고. 더구나 그 지하방은 할머니네 집보다 더 어둡고 칙칙하고 지린내 가득하고, 정말 풀 한 포기 살 수 없는 곳이야. 뭐 햇살이 들어온다고 해도, 꽃이라도 심을 땅이 있다고 해도 관심이 없었겠지만…… 정말 최악이었어. 화장실도 경비실에 가야 쓸 수 있고. 아버지고 뭐고 다 포기하고 혼자 살고 싶었어. 자유로움이 뭔지 알고 싶었고. 학교는 시골보다 더 살벌했어. 진

짜 공부하는 인간 안 하는 인간으로 딱 구별되어 있는데, 공부 안 하면 다 불량 학생으로 취급하더라고. 물론 시골도 그랬지만 그래도 시골은 그 정도는 아니었어. 할머니한테 약속했는데, 사흘 만에 같은 지하에 사는 앞집 남자랑 싸웠으니……. 그래도 유니를 만난 뒤로는 달라졌거든.

나는 유니랑 김한조에 대한 이야기를 다소 길게 늘어놓았다.

─어쩌다 보니 교실에는 우리만 남았어. 교실 청소 당번이 몇 몇 더 있었는데 청소하다 보니까 하나둘 사라지고 없더라고. 아마 그놈들이 그렇게 한 모양이야. 김한조 패거리 넷이랑 나 그리고 헌수. 두 놈이 앞뒤 문을 닫았고 나머지 둘이 헌수를 잡고 실랑이를 하는 거야. 그리고는 나한테 뭐라고 하는 줄 알아?

김한조는 울면서 애원하는 헌수를 뒤에서 끌어안고, 한 놈이 헌수의 옷을 벗기면서 야한 음담패설을 늘어놓고 있었다.

─아, 그 개새끼들……. 나도 모르게 열이 확 뻗쳐서, 야, 그만해, 하고 말했지. 그때까지만 해도 내 감정을 조절할 수 있었어. 그러자 김한조가 기다렸다는 듯이 나를 보고는 비릿하게 웃으면서, 왜 간섭이야, 헌수가 니 여친이냐, 하면서 또 너한테는 차마 말할 수 없는 음담패설을 하는 거야. 나는 다시 그만하라고 하고 교실을 나가려고 하는데, 이놈들이 문을 열어주지 않아. 내가 문을 잡고 있는 놈을 밀었어. 그러자 뒤에서 누군가 밀걸레 자루로 나를 치는 거야. 어깨가 부러지는 것 같았어. 김한조였어. 그런 상

황이었어. 지윤아, 너 같으면 참을 수 있겠니?

지윤이는 나를 보면서, 못 참아, 하고 목청을 높였다.

―오빠, 그런 상황에서 어떻게 참아?

―그렇지?

―나라도 안 참았을 거야.

―그런데도 싸운다는 건 나쁜 건가?

내가 유니를 떠올리면서 혼잣말에 가깝게 말했다.

지윤이는 대답하지 않았다.

저수지 둑 한가운데는 언제나 바람의 영역이었다. 지윤이는 두 팔을 들고 바람을 맞았다. 저수지 물을 정점으로 동그랗게 퍼져 있는 불빛들이 흔들렸다. 나는 순간적으로 지금 옆에 있는 여자가 유니였으면 얼마나 좋을까 하는 생각을 하다가, 근처에서 누군가 소리치는 목소리를 들었다. 거나하게 술에 취한 목소리였다.

―야야, 친구들끼리 놀러 왔다가 이거 뭐하는 짓이냐? 둘 다 참아라.

―씨발, 못 참아! 니가 돈이 많으면 얼마나 많냐, 이 개자식아!

―이새끼, 꼴에 자존심은 있어가지고. 정신 차려, 이새끼야. 너 같은 놈 믿고 사는 마누라 고마운 줄 알아라!

저수지 둑 아래쪽에서 세 사람이 실랑이를 하고 있었다. 자칫 물에 빠질 수도 있었다. 지윤이가 내 팔을 슬쩍 잡아끌었다.

―이런 일 흔해요. 저러다가 물에 빠져 죽기도 해요. 작년에 한

번 그런 일 있었어요. 여기가 참붕어가 많이 잡힌대요. 그래서 사람들이 몰려요. 동네 사람들이 막으려고 해도 막을 수도 없고 골치 아파요.

나는 미적미적 지윤이를 따라가면서도 자꾸만 뒤돌아보았다. 그들의 목소리는 점점 커지고 있었고, 점점 욕설이 많아지고 있었다. 우리가 저수지 둑을 벗어날 즈음 요란하게 싸우는 소리가 났다. 지윤이가 내 팔짱을 끼고 강하게 끌었다. 나는 지윤이 팔목으로 흐르는 따스한 피의 흐름을 느끼면서 문득 이런 생각을 하였다.

—지윤아, 근데 말야, 난 이상하게도 지금 싸우고 있는 저 사람들이 궁금해진다. 저 사람들이 어떤 집에서 살고 있을까 궁금해져, 그냥. 친한 친구들 같은데, 더구나 낚시 핑계를 대고 같이 놀러 왔다가 싸우는 저 사람들은 어떤 집에서 살고 있을까? 어떻게 살고 있을까? 왜 갑자기 그게 궁금해지지? 그러고 보니 김한조도 궁금해지네. 그놈은 어떤 집에서 살고 있을까? 좋은, 평수 넓은 아파트? 아님, 다세대 주택? 아님, 나처럼 지하방에서……

개 대신
남친

내 몸에서 풀이 돋아날 것 같은 봄날, 가만히 있으면 풀이랑 나무의 목소리가 들려올 것 같은 봄날, 일 년 중 딱 이맘때 봄날 중의 봄날, 꽃보다 잎새가 예뻐 보이는 며칠 중의 하루.

토요일이라지만 집 안은 조용하다. 고3인 딸은 독서실에서 졸음과 대치 중이라는 메시지를 한 번 타전했을 뿐 더 이상 연락도 없고, 아내는 구석방에서 뒤늦게 겨울옷을 설거지한다고 꼼지락 꼼지락하고 있을 뿐, 집 안을 염탐하는 바퀴벌레 한 마리 구경할 수 없다. 친구 아버지 칠순 잔치에 다녀온 나는 텔레비전을 보다가 졸다가 다시 눈을 떠서 신문 뒤적거리기를 되풀이하면서 일찍 들어온 것을 후회하고 있었다. 몇몇 친구들이 2차를 가자고 잡아 끌었으나 그다지 살가운 얼굴들이 아니어서 이러저러한 핑계를 대면서 집에 왔는데, 이상하게도 입만 궁금해지고 잠도 오지 않고 자꾸만 누군가의 목소리가 기다려졌다. 봄이라서 그런가. 누구 불러내서 술이나 한잔 할까, 그런 궁리를 해봐도 딱히 만만하게 떠오르는 얼굴이 없었다.

냉장고 문을 열었다. 딸이 먹다 남긴 사이다 병이 몸을 웅크리고 있다. 나는 김이 빠져서 사이다도 아니고 맹물도 아닌 그 어정쩡한 액체를 목구멍에다 털어 넣다가 얼굴만 찌푸렸다. 나비들이 그런 나를 보았다면 '이 좋은 봄날 왜 그러슈?' 하고 타박했을 것이다. 막걸리라도 있으면 궁금한 입이랑 자꾸만 허둥거리는 내 발을 한꺼번에 붙잡을 수 있을 텐데. 아내에게 술이나 한잔 하러 가자고 말을 붙이려다가 화들짝 놀라며 뒤돌아보았다.

"정말 안 내놓을 거야! 너 정말 엄마 죽는 꼴 보고 싶어! 이제 엄마 말을 알아들을 나이도 됐잖아. 덩치는 소만 한 놈이…… 낼모래 고등학교 갈 놈이……."

카랑카랑한 여인의 목소리가 내 고막을 마구 흔들어댔다. 찌그러질 대로 찌그러진 깡통 속에 들어가서 흔들리는 기분이었다. 나는 잠깐 눈을 감고 머리를 흔들다가 천천히 베란다로 가서 밖을 내다보았다.

여인은 내가 사는 연립주택 화단에 쪼그려 앉아 있는 아이를 손바닥으로 내리치고 있었다. 아이는 뭔가를 움켜쥔 주먹을 가슴에다 품고는, 얻어맞을수록 똘똘해지는 팽이처럼 버티고 있었다.

우습게도 아이의 가슴을 열기에는 여인의 힘이 무용지물로 보였다. 다른 자물쇠가 있어야지 힘으로는 아이를 제압할 수 없었다.

"어서 내놔. 어서 안 내놔? 어서어! 너 정말, 너, 너, 너어……."

급기야 여인은 다른 수단을 강구하였다. 여인이 주변에서 주운 막대기를 쥐고 오면서부터 사태는 싱거워졌다. 아이는 막대기로 몇 대 맞자마자 비명을 지르면서 무엇인가를 떨어트렸다.

"이놈의 새끼, 어디 더 해봐! 그렇게 말했으면 알아들어야지. 이게 뭐야, 동네 망신 다 당하고……."

여인은 아이가 떨어트린 무엇인가를 집어 들고는 연립주택 아래쪽으로 사라졌다. 아이는 그 자리에서 작은 바위가 되어 눈물만 흘렸다. 나이에 비해 체구가 작은 아이였다.

여인은 내가 살고 있는 연립주택 옆 동에 사는 찬수 엄마다. 아내와 찬수 엄마는 언니 동생 하는 처지였다. 참으로 묘했다. 아내하고는 성격도 달랐고 세상을 보는 눈도 전혀 달라서 기실 쉽게 서글서글해질 수 있는 입장은 아니었다. 찬수 엄마는 김대중이라는 말만 나오면 "그 빨갱이 놈!"이라고 때와 장소를 가리지 않고 빨갱이 타령을 하였고, "찬수가 고등학교 가기 전에는 강남으로 갈 거예요. 요새 강남과 비강남이 하늘과 땅 차인 거 알죠?" 하고 틈만 나면 강남 타령을 하였으며, 무슨 일이 생길 때마다 끊임없이 신과 같은 능력을 가진 목사를 찾아다니면서 틈만 나면 목사 타령을 하였는데, 아내는 그 셋 중 한 가지도 추종하지 않았다. 그럼에도 불구하고 찬수 엄마는 아내를 끔찍하게도 챙겼으며, 남편이 열무같이 새파랗게 젊은 여자를 데리고 당당하게 집으로 들어올 때마다 "내가 미쳐, 저런 웬수, 웬수, 웬수……" 하면서 꼭 아내한테 와서 하소연하고 위로를 받으려고 하였다. 옷장사로 돈을 많이 버는 남편은 평생 바람을 피웠다. 찬수 엄마는 이제 싸우다가 싸우다가 지쳐서 남편을 포기한 지 오래라니, 늦둥이 외아들에 대한 집착은 당연할지도 모른다. 아무튼 그녀는 아들을 위해서라면 목숨이라도 걸겠다는 결연한 눈빛으로 무장하고 다니면서 아들에게 조금이라도 도움이 된다면 돈을 아끼지 않았고, 아들을 위해서 기도를 해주겠다는 목사라도 만나면 그를 신으로 모시면서 수많은 돈을 쏟아부었다. 그래도 찬수는 국제중학교에 가지 못했고, 중학교에 가서는 성적이 계속 내리막길이었다. 초특급 과외 선생님들을 아들의 공부 참모로 앉혔어도 효과가 나지 않았다.

열 시가 넘었다. 아직도 딸은 돌아오지 않았다. 아내가 나를 보고 한숨을 내쉬더니 휴대전화를 하였다. 어디냐, 언제쯤 올래, 왜, 힘들면 일찍 와서 쉬지, 괜찮아, 체력이 문제야, 체력이 떨어지면 안 돼, 내일은 푹 쉬어, 마중 나갈 테니까 연락해. 아내는 거의 혼잣말에 가깝게 딸이랑 통화했다. 보지 않아도 딸의 상태를 알 수 있었다. 고3이 되면서 딸은 거의 웃음을 잃었다. 중학교 때부터 미술 공부를 해오다가 지난겨울에 갑작스럽게 진로 변경을 하였으니 다른 아이들에 비해서 뇌가 과부하에 걸리는 건 당연하다. 학원도 보내주고 과외도 시켜주었으나 성적은 오르지 않았다.

"네가 늦게 시작한 것이나 다름없으니까 서두르지 마. 안 되면 재수해. 그런 맘으로 느긋하게 해."

그래도 딸은 힘들어하였다. 너무 힘들고 외롭다고 울먹이기도 했다. 우리는 부모로서 딸에게 해줄 수 있는 게 별로 없다는 사실을 알았다. 학교에 보내주고, 먹여주고, 입혀줄 뿐, 지금 딸에게 진짜 필요한 말, 어떤 절대적인 힘 같은 것들은 줄 수가 없었다. 가끔씩 딸이 종교라도 가졌으면 좋았을 텐데, 하는 생각도 했다. 아내는 다시 한숨을 내쉬며 보약이나 영양제를 좀 챙겨야겠다는 말만 하였다.

곧바로 초인종이 울렸다. 찬수 엄마였다. 찬수 엄마는 들어오자마자 밤늦게 미안하다는 눈빛을 흘리고는 찬수에 대한 타령을 늘어놓았다.

"미안해, 미안해, 선민이 엄마. 아무리 자려고 해도 잠이 안 와서……. 아무리 찬수가 잘못했어도, 심지어 도둑질을 했어도, 친정에 가서 지 사촌들 돈을 훔쳐 왔어도 손찌검 한 번도 해보지 않았는데…… 어디 말을 들어야지. 아이고, 말도 못해. 어려서도 숱하게 병아리 키우다가 죽을 때마다 눈물 바람 해대는데, 어느 정도 유별나야지. 찬수는 아장아장 걸음 할 때부터 병아리며 오리며 햄스터며 그렇게 동물들이 보이기만 하면 사달라고 떼쓰고, 그러다가 사 온 동물이 죽으면 그날은 밥도 안 먹고……. 아이고, 말도 마라야. 하여간 그때는 어려서 그러려니 했지. 크면 나아지겠지, 크면 나아지겠지 하고. 근데 중학생이 되어서도 마찬가지야. 얼마 전에 어디서 다람쥐 한 마리를 가져왔는데, 사 왔는지 어디서 얻어 왔는지 통 말을 안 해. 날마다 지극정성으로 다람쥐만 들여다보고 있어. 아침에 일어나자마자 부모한테는 살갑게 말 한마디 안 하는데, 다람쥐한테는 가서 '잘 잤니 어쨌니' 하면서 볼을 비비고 야단이야. 학교 갔다 와서도 다람쥐한테 먼저 가서 종알종알……. 다람쥐가 제 말을 알아듣나? 하여간 듣고 있으면 저것이 혹시 자폐증이라도 걸렸나 하는 생각이 들 정도야. 어쨌든 그 다람쥐가 어제 갑자기 죽어버렸어. 그걸 보더니 엉엉 울어대고, 학원 가라고 해도 듣지 않고, 장례를 치르겠다나 어쨌다나, 나 기가 막혀서……. 그래도 어제는 참았어. 근데 오늘까지 말도 안 하고, 학원도 안 가고, 죽은 다람쥐만 부둥켜안고 방구석에서 청승을 떨고 있는데 울화통이 터지는 거야. 대체 어쩌라는 거야. 죽은 다람쥐 붙잡고서. 선민이 엄마라면 화 안 나겠어? 집에서도 얼마나 실랑이를 했는지 몰라. 글쎄 죽은 다람쥐를 넣을 관을 만드는데, 어디서 가져온 작은 판자를 연필 깎는 칼로 자르고, 테이프로 붙이고……. 몇 달 전에 돌아가신 지 할아버지 입관하는 것을 봐서 그런지 꼭 그대로 하는데, 와아, 돌아버리겠더라고. 그래서 동네방네 창피한 줄 알면서 일부러 그런 거야. 지 놈도 이제 클 만큼 컸으니까 창피한 줄 알라고. 정신 좀 차리라고…….”

찬수 엄마는 찬물을 벌컥벌컥 들이켰다. 아내는 아무리 중학생이라고 해도 아직은 어리니까 그런 게 아니냐고 하였다. 그럴수록 찬수 엄마는 가지런히 빗질된 생머리를 흔들어댔다.

“아냐, 찬수는 좀 심해. 지금까지 죽은 동물들을 어떻게 했는지 알아?”

찬수 엄마는 옆에 있는 나를 슬그머니 곁눈질하고는 나무를 깎아서 비석도 만들어주었노라고 혀를 까불었다. 처음에는 그런 행동이 하도 가상하여 오히려 칭찬을 하였으나 점점 심해졌던 모양이다. 찬수 엄마는 더 이상 방치해서는 안 되겠다고 이를 악물었고, 찬수가 화장실에 들어간 사이에 죽은 다람쥐를 끄집어내서 비닐봉지에다 싸서 들고 나가려고 하였다. 낌새를 눈치챈 녀석이 뛰쳐나와서 눈에다 도깨비불을 품고 노려보더니, 순간적으로 죽은 다람쥐를 가로챈 다음, 지가 장례식을 해줄 거니까 방해하지 말라고 소리쳤다. 그때부터 죽은 다람쥐를 뺏기 위한 실랑이가 두 시간이 넘게 벌어졌노라고 한숨을 뱉었다.

“장례식을 어떻게 하겠냐고 물으니까, 할아버지 장례식처럼 하겠다고 하면서 내일 아침에 발인을 하겠대. 나는 지금 당장 화단에다 묻으라고 했어. 녀석은 절대 못하겠대. 오히려 왜 맘대로 못하게 하냐고 소리치는데 미치겠더라고. 그래서 내가 강제로 끌고 나온 거야. 우리 집 화단은 공사 중이라서 선민이네 집 앞으로 온 거야. 여기다 묻어주려고."

"그래서 결국은 묻어준 거예요?"

텔레비전을 보는 척하면서 끼어들 틈을 엿보고 있던 나는 슬쩍 찬수 엄마를 쳐다보았다.

"예, 저 아랫동 반장네 화단에 있는 단풍나무 밑에다 묻어주고 왔는데……, 아아, 도대체 쟤를 어떻게 하면 좋아요?"

찬수 엄마 역시 내가 끼어들기를 바랐다는 눈빛으로, 어서 묘안을 가르쳐달라고 눈빛을 애절하게 보내왔다.

"이야기를 들어보니까 좀 유별나기는 해요. 찬수가 너무 여리고, 동물들을 좋아하고. 그쵸? 하여간 보통 아이들하고는 조금 다를 수도 있지만, 그렇다고 너무 걱정할 필요는 없는 것 같아요."

내가 조심스럽게 입을 열었다. 찬수 엄마는 손을 내저었다. 찬수는 단순히 동물을 좋아하는 그런 단계를 넘어서서 어찌 보면 정신병에 가까울지도 모른다고 눈을 모들떴다. 엄마 아빠한테는 말을 안 해도 동물들한테는 다정하게 말을 붙인다니 그렇게 의심할 수도 있으리라. 나는 찬수가 보기 드물게 예민한 촉수를 가진 아이라고 귀여워하는 편이었다. 그랬는지라 정신병이라는 말은 너무 과장된 표현이라고 숨을 삭였다. 찬수는 어린 시절 나하고 비슷한 색깔을 많이 가진 아이였다. 나는 찬수를 볼 때마다 그런 생각을 했지만 그걸 내색할 수는 없었다. 우리 딸도 찬수하고 색깔이 비슷했다. 작년까지만 해도 딸은 집에다 깡토끼와 햄스터

그리고 개를 키웠다. 하지만 앞 동에 살고 있는 집주인이 개를 소름 끼치도록 싫어해서, 특히 집 안에서 개를 키우는 것만큼은 절대 허락할 수 없다고 눈을 부릅뜨는 바람에, 심지어 이사 비용을 지불하고서라도 내보내겠다고 으르렁거리는 통에 어쩔 수 없이 백기를 들었다. 경기도 가평에 사는 후배네 집으로 개를 보내고 온 날, 딸은 나머지 동물들도 치워버렸다. 딸은 집주인을 원망하지 않는다고 했다. 영국산 사냥개인 에어데일테리어는 워낙 덩치가 커서 집에 오는 사람들마다 겁을 먹었고, 그 짖는 소리 또한 너무 커서 같은 동에 사는 사람들로부터 항의가 많았음을 딸은 잘 알고 있었다. 게다가 한 마리도 아니고 두 마리였는지라, 딸은 의외로 쉽게 개를 포기하였다.

나 역시 어렸을 때부터 동물을 좋아했다. 특히 토끼를 가장 아꼈다. 토끼는 생김새가 귀엽다. 새끼도 잘 낳아서 기르는 재미도 쏠쏠했다. 한두 마리만 팔아도 당시로서는 상상이 힘겨운 용돈을 덤으로 만질 수 있었다. 형이랑 누나도 토끼를 좋아했다. 토끼는 우리가 용돈을 모아서 샀다. 어른들은 토끼를 기르는 일을 일체 간섭하지 않았다. 형이랑 누나는 중학교 교복을 걸치면서 토끼를 돌보지 않았다. 이해할 수가 없었다. 나는 중학교 교복을 입은 뒤로도 토끼들이 싫지 않았다. 아니, 더 좋아졌다. 그냥 토끼장 앞에 앉아만 있어도 기분이 좋았다. 학교에서 선생님한테 혼이 났거나 친구들이랑 싸우고 온 날은 더 많은 시간을 토끼장 앞에서 때웠다. 그냥 바라다보기만 해도 내 마음을 다 알아주는 것 같았다. 우리 토끼들은 병도 걸리지 않았고, 토끼장 지을 틈을 주지 않고 불어났다. 그쯤 되자 어머니가 개입하였다.

"시우야, 채소도 너무 많으면 솎아내야 해. 많으니까 좀 팔자. 너 용돈도 쓰고."

"좋아요. 그 대신 내가 팔라고 한 놈들만 팔아야 해요."

나는 우선적으로 늙정이 토끼를 손가락질하였다. 그다음에는 새끼를 잘 키우지 못하는 암컷들, 토끼장에서 자주 도망치는 토끼들을 차례로 손가락질하였다. 처음에는 내가 손가락 끝으로 가리킨 토끼만 팔던 어머니는, 돈이 궁해지자 장날만 되면 나한테 동의도 구하지 않고 토끼를 잡아다 팔았다. 나는 항의조차 못하고 끙끙거리다가, 꽃샘추위가 으르렁거리던 어느 날부터 자꾸만 토했다. 그런 줄도 모르고 어머니의 손은 더욱 대담해졌다. 시도 때도 없이 토끼를 팔았다. 어머니가 미웠다. 특히 내 토끼를 술안줏감으로 팔아넘길 때는 『콩쥐·팥쥐전』에 나오는 의붓어미로 보였다. 동네 어른들은 꼭 토끼를 우리 집 토방의 디딤돌에다 내리쳐서 죽였다. 아침에 일어나면 토방에는 핏자국이 선연했다. 나는 속울음 삭이면서 핏자국을 닦아냈고 어른들을 얼마나 저주했는지 모른다. 그런 일이 있은 후부터 토끼 고기라면 냄새도 맡을 수 없었다. 어머니의 입에서 좋은 말이 나올 리가 없었다.

"왜 안 먹냐? 토끼는 풀만 먹어서 소고기만큼 몸에 좋은 것인디, 어서 먹어라."

그때마다 나는 최대한 빠르게 밥을 입안으로 욱여넣은 다음 얼른 밥상머리에서 도망쳐 나왔다. 밥상에 앉아 있던 토끼탕만 보면 눈멀미가 났고 냄새만 맡아도 토악질이 나왔다.

그런 일이 있고 나서 한동안 잠잠했는데, 마당가에 봄꽃들이 푸지게 피어나던 4월 어느 날 나는 벙어리가 되어버렸다. 수십 개의 토끼장이 텅 비어 있었다. 나한테 한마디 상의도 없이 어머니가 토끼들을 팔아치웠다는 걸 알았다. 눈물만 흘러나왔다. 그 토끼들은 내가 키우는 동물들이다. 내 돈으로 어린 새끼를 사 왔고, 내가 설계하여 집을 지었고, 내가 먹이를 주었다. 슬프고 아리고 허탈했다. 나는 분노하고 싶었다. 물론 어머니라는 절대자 앞에서 나는 아무런 분노도 할 수 없었다. 내가 분노하면서 반발한다고 해서 내 말이 옳다고, 단 한순간이라도 나를 이해해주고 내 편을 들어줄 어른도 없었다. 내 편이라니, 마을 어른들은 오히려 저런 호래자식이 있나, 하고 오히려 나무랄 것이다. 그까짓 토끼 몇 마리 때문에 자신을 낳아주고 길러준 어머니한테 대든다고. 나는 그게 더 억울했다. 내가 한마디도 반항할 수 없는 이 세상이 더 미웠다. 그날부터 나는 밥 한술 뜨지 않았다.

어머니의 말에도 대꾸하지 않았다. 쳐다보는 어머니의 눈동자 속에는 토끼들이 있었고, 어머니의 목소리에는 죽어가는 토끼들의 메아리가 섞여 있었다. 나는 어머니가 보약이라고 가져온 것도 먹지 않았다. 어머니는 시름이 깊어갔다. 그런 내 마음을 할머니가 알아채고는 손을 꼭 잡아주었다. 순간 눈물이 터져버렸다. 어머니는 할머니의 말에 수긍하지 않았다.

"어머니도 차암, 아이들인데 그까짓 토끼들 때문에 밥맛이 떨어진다고요? 크려고 그러지요. 한의사한테 물어보니까 다 이럴 때가 있다고 하대요."

"아니다. 시우는 달라야. 얼마나 토끼들한테 애지중지했냐. 이참에는 에미가 잘못했다. 시우한테 말도 없이 토끼를 다 팔아버린 것은 에미가 잘못한 것이여. 그러니까 어서 시우한테 사과하고 다음 장날 몇 마리 사다 주거라. 어른도 아이들한테 사과할 때가 있는 법이다. 나도 이 나이 되도록 몇 번이나 아이들한테 잘못했다고 한 적이 있다."

"아이고, 어머니도 참 별말을 다 하시네요. 당연히 어른이 잘못했으면 사과를 해야지요. 하지만 이건 그런 경우가…… 아이, 무슨 토끼 때문에 밥을 안 먹는다니요? 시우야, 너 참말로 토끼 때문에 그러냐?"

나는 어머니 앞에서 고개를 끄덕일 수가 없었다. 어쨌든 나는 그해 봄이 저물도록 밥맛을 회복하지 못했고, 어머니가 가져오는 쓰디쓴 약물을 날마다 전쟁하듯이 입안에다 들이붓다가 힘겹게 여름을 맞이했다. 내가 어떻게 밥맛을 되찾았는지 그건 기억할 수 없다. 결혼을 하고 정식으로 큰절 올리는 아내에게 그때의 기억 한 점을 간직했다가 꺼내놓았던 어머니의 기억을 빌릴 수밖에.

 "좌우지간 별스러웠다. 그때가 중학교 2학년쯤 되었으니까 덩치는 송아지만이로 컸을 적인디, 어찌나 밥을 안 먹던지……. 그래서 한번은 동네 잔칫집에서 소를 잡었는디, 내가 시우 생각을 하고 몇 점 얻어 왔어. 요즘이야 소고기도 흔하지만 옛날에는 고기 한 점 이바지 들어와도 아이들은 구경도 못하제. 그런데 하도 시우가 밥을 안 먹으니까 어른들 상은 염두도 두지 않고 모르게 먹일려고 했제. 그런데 먹어야제. 하도 화가 나 막대기로 막 등짝을 후려쳤지. 그랬더니 이놈의 자식이 도망치는디, 아이 밤이 되어도 들어오질 않는 것이야. 온 동네를 찾아보아도 없어. 할 수 없이 사립문이랑 부엌문을 살짝 열어놓고 자는디, 새벽 서너 시쯤 되었을 것이다. 이놈이 헛간에서 자다가 뭣한테 놀란 모양이더라. 그러니까 혼불이야. 여기서는 사람의 혼불을 그냥 불이라고 하지. 사람의 불, 사람이 죽기 전에 불이 나가는디, 그것을 본 모양이여. 그래서 엄마 엄마 하면서 울고 뛰어 들어오더라. 이불을 덮어주니까 바들바들 떨고만 있어. 그걸 보니 별생각이 다 들더라. 진짜 내가 아들이 키우는 토끼들을 다 팔아버려서 그랬을지도 모른다는 생각도 들고…… 해서, 살그머니 그놈 손을 잡고는, 엄마 많이 미워했지, 뭐 그랬어. 그 토끼들 엄마 맘대로 팔아버려서 미안하다고. 들었는지 안 들었는지도 몰라. 자는 것도 같았고, 해서 듣거나 말거나 혼자 중얼중얼했어. 엄마도 하도 힘들어서 그랬다. 하도 돈이 급해서야, 엄마도 마음 아팠다…… 그렇게 밤새도록 중얼중얼했지. 그러더니 다음 날 아침부터 입맛이 돌더라니까.”

아무튼 내가 입맛을 찾자마자 어머니가 쑥색 토끼 두 마리를 사다 주었다. 나는 다시 토끼를 기르기 시작하였다. 어머니나 할머니도 나를 챙기듯이 토끼를 보살폈다. 어쩌다가 내가 밥을 주지 않으면 당신들이 챙겼고, 늘어나는 토끼 숫자까지 정확하게 알고 있었으며, 가끔씩 정체를 알 수 없는 동물들이 와서 토끼를 물어 가면 나보다 더 아파하였다. 나는 그게 그분들의 진심임을 알았다. 나는 중학교를 졸업할 날이 가까워가자 오십여 마리로 불어난 토끼들을 어쩌지 못하고 끙끙거렸다.

“시우야, 고등학교는 도시에서 다녀야 하는디, 저 토끼들은 어떻게 할래?”

어머니는 조심스러운 눈빛으로 나를 바라보았다. 솔직히 나는 고입 선발 고사보다 토끼들이 더 시름거리였다. 도시에서도 토끼를 기를 수만 있다면 얼마나 좋을까. 아무리 궁리해도 좋은 수가 떠오르지 않았다. 결국 어머니의 해결책을 따를 수밖에 없었다.

“그럼 이렇게 하자. 너무 많으니까 팔아서 니 용돈으로 쓰고, 몇 마리만 남기자. 몇 마리쯤이야 엄마도 거둘 수가 있으니까. 너도 토요일 날 와서 토끼를 보고…….”

아, 그때처럼 어머니의 얼굴이 넉넉해 보인 적이 없었다. 눈물이 왈칵 솟구쳤다. 어느새 어머니는 할머니처럼 눈빛이 따스하게 변해 있었다. 어머니는 나도 모르게 할머니를 닮아갔다. 내가 고등학교 1학년 가을에 할머니가 꽃상여를 대절하여 산밭 너머로 사라지자 말투까지 할머니랑 비슷해졌다. 엄청난 변화였다. 서른 살 때 남편을 여읜 어머니는 세상에다 퍼질러놓은 다섯 자식들을 거두기 위해서 날마다 강해지려고만 하였고, 그러다 보니 얼굴에다 분단장 한번 할 줄 몰랐으며, 고운 치맛자락 따위는 처녀 시절에 불렀던 유행가 속에다 묻어버렸다. 그런 당신이 할머니 이상으로 넉넉해지면서 따스한 미소를 가진 얼굴로 변해갈 줄이야.

나는 노랑 무늬가 알록진 토끼 두 마리만 남겨놓고 모두 장에다 팔았다. 이듬해 나는 마을에서 100킬로미터나 떨어진 대도시에 있는 고등학교에 진학하였고, 가끔씩 주말을 틈타 내려오기는 했으나 쓰라린 허기와 고독을 참아내던 토끼들을 볼 때마다 마음이 아팠다. 꼭 안아주고 싶었다. 안쓰러웠다. 그놈들은 무지무지 순했다. 어머니가 풀을 주지 않으면 열흘이고 보름이고 웅크린 채 기다렸다. 어떻게 보름간이나 버티었는지 그건 과학으로 설명하기 힘든 영역이다. 몇 번이나 토끼들이 자기 똥이랑 자기 오줌을 핥아먹는 모습을 보았을 뿐, 더 이상은 말을 보탤 수가 없다. 어머니는 그런 나를 보고 미안해하였다.

"새벽에 일어나면 항시 생각하지. 오늘은 토끼 밥을 잊지 말고 줘야지, 줘야지 하고. 그렇지만 밖에만 나가면 잊어버려. 이놈의 정신머리가 나이가 드니까 이래. 무엇이 그렇게도 할 일이 많은지 몰라. 밖에만 나가면 내 정신머리가 없어지니 말이다. 어쩔 때는 며칠간이나 잊고 지내다가 우연히 토끼를 보는디, 어찌나 마음이 짠하던지. 이것들이 도망이라도 친다면 차라리 내 마음이 편하겠어. 캄캄한 토끼장 안에서 빨간 불만 키고 있는디, 짠해서 볼 수가 없어. 그런 날은 밥이 안 넘어가서, 내가 먹던 밥을 가져다주기도 하는디……."

나는 고등학교에 다니면서 토끼에 대한 꿈을 숱하게 꾸었다. 어둡고 차가운 토끼장 안에서 빨간 눈동자만 부풀리던 그놈들은 아무런 말도 없었고, 아무런 몸짓도 없었고, 그저 큰 귀를 쫑긋 세우고 묵묵히 사람을 기다릴 뿐, 그럴 뿐. 그런 꿈을 꿀 때마다 나는 어머니에게 전화를 하여 토끼들을 다른 사람들에게 주라고 하소연하였으나, 이번에는 어머니가 안 된다고 하였다.

"이제 내가 못 주겠다. 그래도 일하고 밤늦게 돌아와서 그놈들이라도 봐야 마음이 편안해져. 아이고, 짠해 죽겠다. 며칠 전에는 암놈이 새끼를 낳고 죽어버렸어. 토끼 에미를 못 먹여서 그랬을지도 몰라야. 새끼들은 다람쥐만이로 얼마나 이쁜지 몰라. 방에다 들여다 놓고 우유도 먹여보고, 밥도 짓이겨서 먹여보고, 별 짓거리를 다 했는디 소용없었어. 그래서 남은 놈들에게, 너희들 맘대로 가서 살아라, 하고는 저 멀리 산에다 풀어줬는디, 다음 날 토끼장을 보니까 그놈들이 돌아와 있는 것이여……."

팔순이 가까워지는 어머니는 지금도 고향집에서 많은 토끼를 기르고 있다. 동물을 바라보는 눈길은 거의 산신령 수준이다. 그러니 동물을 좋아하는 감정이란 아이들만의 전유물도 아닌 모양이다. 작년에는 서울에 있는 병원에 왔다가 이런 이야기를 간호사들한테 늘어놓았다.

"비둘기라고 아는가들. 삐둘구라고도 하고, 참삐둘구라고도 하고, 쑥국새라고도 하고 그래. 우리 쪽에서는 흔한 새라 잡아먹제. 그 고기가 소고기하고도 안 바꾼다는 말이 있어. 그만큼 맛있지. 그런디 그놈이 축사에 왔다가 못 나가고 있으니까 내가 잡았어. 마침 큰아들이 왔길래 털을 뽑고 궈서 주었더니 맛있게 먹네. 그 다음 날 또 한 마리가 날아와서 파닥거려서 또 잡았어. 털을 뽑으려다가 바빠서 빈 토끼장에다 넣어뒀더니 이놈이 울어대는디, 하루 종일 울어대. 어찌나 서럽게 울어대는지 차마 들을 수가 없어. 아마 내가 잡아먹은 놈 남편이나 마누라나 되겠제. 그런 생각을 하니까 마음이 아파서 못 잡겠어. 큰아들은 어서 잡아먹자고 하는디. 내가 그랬제. 못 잡겄다, 못 잡겄어, 어제 잡혀서 죽은 남편 찾아온 모양이다, 그냥 풀어주자, 그랬더니 큰아들도 그러라고 해. 해서 풀어줬더니 이놈이 날아가지도 않아. 아따, 별일이대. 그런 일이 있었네. 동물이나 사람이나 다 똑같더라고, 사는 것은."

내 이야기가 끝나갈 즈음 갑자기 현관문이 열리면서 딸이 들어

왔다. 아내가 깜짝 놀라서 일어났다. 딸은 건성으로 찬수 엄마한테 인사를 하고 방으로 들어갔다. 아내가 따라갔다. 목소리를 낮추기는 했지만 당황한 아내의 목소리가 새어 나왔다. 왜 전화를 안 했냐? 엄마가 마중 나간다고 했는데…… 혼자 오다가 무슨 일을 당하면 어쩌려고 그러느냐? 이럴 때일수록 정신을 차려라. 아내의 목소리는 아주 빨랐다. 한참 뒤에 딸의 목소리가 들렸다. 엄마, 피곤해. 나가줘. 나 오늘 독서실에서 두 시간이나 몸이 굳어버렸어. 몰라. 그냥 몸이 움직이지 않았어. 애들이 119 부를 뻔했어. 갑자기, 몸이, 얼음처럼, 피는 흐르는데…… 친구가 바래다 줬어, 집까지. 괜찮을 거야. 피곤해. 나 잘게. 심각했다. 나는 찬수 엄마를 보면서 숨을 죽였다. 다시 아내가 말했다. 그럼 일찍 오지. 내일 병원 가보자. 무리하지 말랬잖아. 요새 우리 딸, 너무 힘들어 보여. 그러지 마. 엄마 아빠가 닦달도 안 하는데. 다시 딸이 말했다. 엄마 아빠가 닦달하든 안 하든 그건 별거 아냐. 그렇다고 나아지는 건 없어. 엄마 아빠가 공부하는 거 아니잖아. 괜찮아지겠지. 아내가 말했다. 알았어. 쉬어.

아내가 나오자 찬수 엄마가 정말 괜찮냐고 눈으로 물었다. 아내가 웃어 보였다. 찬수 엄마는 커피 한잔만 마시고 일어서겠다고 하더니 나를 보고는 혀를 끌끌 차댔다.

"선민이 같은 모범생도 저렇게 힘들어하는데…… 우리 찬수는 어떡해요. 어서 유학을 보내야지……. 쯧쯧, 얼굴을 볼 수가 없네,

녀석.”

나는 얼른 대꾸하지 못했다. 그러자 찬수 엄마가 수족관에서 헤엄치는 버들붕어를 힐끗 보고는,

“선민이도 한때는 개를 무지 좋아했잖아요? 근데 때가 되니까 딱 정리하는 걸 보면…… 우리 찬수도 그래야 하는데…….”
하고 묘한 눈빛으로 나를 보더니 말을 이었다.

“어쨌든 선민이 아빠야 시골에서 태어났으니까 동물을 좋아하는 감정이 자연스럽지요. 우리 찬수는 달라요. 여기는 시골이 아니잖아요? 선민이 아빠도 도시로 고등학교 갈 때는 토끼를 두고 갔잖아요.”

“뭐 그건 사실이지만…… 중요한 건 어디에 살든 동물을 좋아한다는 사실입니다. 저도 고등학교 다닐 때 늘 토끼를 생각했어요. 아마 토끼를 키웠으면 더 좋았겠지만, 그래도 토요일에 가서 볼 수 있다는 생각으로 한 주일을 버티고 버티고 그랬어요. 그런 마음이 중요하지요. 동물을 좋아하는 건 병도 아니고 나쁘게 볼 게 아닙니다. 오히려 아이한테 도움이 될 수도 있어요. 어른들이 못해주는 걸 동물들한테서 얻을 수도 있습니다. 저는 고등학교 때 토끼 대신 새를 키웠어요. 방 안에다 풀어놓고…….”

“선민이 아빠 말뜻은 알겠는데요, 경우가 좀 다르네요. 저도 찬수가 새를 키우겠다고 하면 얼마든지 키우라고 해요. 그동안 얼마나 많은 동물들을……. 근데 지금은 달라요. 아무리 그렇다고 죽

은 동물의 장례식을 치르겠다고 하는데…… 게다가 공부도 하지 않고, 엄마랑 말도 하지 않고. 만약 선민이가 그랬다면 선민이 아빠도 달라질 거예요.”

순간 나는 찬수 엄마의 자존심을 건드렸을지도 모른다고 침을 꿀꺽 삼켰다. 상대가 구체적으로 나를 거론하고 나서는 판인데 내가 적당히 얼버무릴 수도 없는 노릇이었다.

“예, 그럴지도 모릅니다. 하지만 제 말은 너무 걱정하지 말라는 뜻입니다. 제가 이 이야기는 하지 않으려고 했는데…… 그냥 들어 보세요. 제가 고등학교 때에 자취를 했는데요…….”

정말이지 병수의 이야기만은 풀어놓지 않으려고 했으나 찬수 엄마를 달래기 위해서는 어쩔 수 없다는 판단이 섰다.

병수는 내가 고3 때 이사 왔다. 내가 살았던 집은 싸게 사글세를 주기 위해서 역시 싸게 지어 놓은 단칸방이었다. 방과 방 사이에 벽이라는 경계가 있었으나 서로의 눈빛만 차단되었을 뿐 혼자 중얼거리는 소리까지 거침없이 넘나들어서 서로의 비밀이 존재할 수 없는 집, 그런 집이 마당을 떠받들듯이 한일자로 늘어서 있었다. 다행히 우리 집은 일곱 채 중 맨 왼쪽 끄트머리라서 그나마 해와 달이 자주 마실 오고 바람이 통하는 그런 곳이었다. 고등학교 1학년인 병수는 자그마한 키에다 다소 비만기가 느껴지도록 통통했지만 얼굴만 보면 귀염성이 있어서 어딜 가서라도 인상에 대한 평판을 후하게 받을 상이었다. 게다가 워낙 명랑하고 애교가 넘쳐서 아이들부터 어른까지 다 좋아했다. 송아지만큼이나 커다란 눈동자는 항상 새물새물하였고, 늘 떠벌리고 다니는 입안에서 때와 장소를 가리지 않고 상대를 웃게 하는 유머가 끊임없이 세포분열을 하고 있는지 단 한 번도 그 밑천이 달리지 않았다. 그러면서도 늘 솔직했다. 그런 아이였다.

산이란 산이 초록 물감으로 짓뭉개지던 식목일이었다. 나는 주인 할머니의 부탁으로 대추나무를 심기 위해서 마당가를 삽질하고 있었다. 대추나무는 초여름이 되어서야 이파리를 터트릴 정도로 게으르고 느리지만 생에 대한 집착만큼은 다른 나무보다 강해서 별다른 지식이 없어도 심기에 무난했다. 겉흙을 걷어내고 속살을 파들어 가던 나는 주춤했다. 삽날 끝에 하얀 비닐로 공들여 포장된 정사각형 나무상자가 걸렸다. 나는 새참거리로 찐빵을 가져오는 주인 할머니한테 이게 뭐냐고 눈길을 주었다. 평생 흙 한 점 만져보지 않고 곱게 나이 들어온 할머니는 모르겠다고 눈만 껌벅거릴 뿐이었다. 그 안에 무엇이 들어 있는지 열어보고 싶은 강렬한 유혹이 나를 흔들었다. 나는 그 상자를 이리저리 보다가 "혀엉, 안 돼!" 하는 메아리에 놀라서 엉덩방아를 찧고야 말았다. 어느새 달려온 병수가 그 상자를 낚아채서 밖으로 달아나버렸다.

나는 놀란 입을 다물지 못하고 있다가 한참 뒤에야 밖으로 나갔다. 병수는 도롯가에서 사열하고 있는 은행나무에 몸을 기댄 채

울음을 씹어대고 있었다. 대체 왜 그러냐고, 대체 그 안에 뭐가 들어 있냐고 아무리 물어도 대답이 없었다. 그렇다고 힘으로 그걸 뺏을 수도 없어 그만 고개를 흔들어대고야 말았다.

녀석은 봄날의 긴 해가 저물도록 방 안에서 꼼짝도 하지 않다가 어슬녘이 되어서야 내 자취방으로 얼굴을 내밀었다. 병수의 얼굴은 차분히 가라앉아 있었다. 내가 아무런 말을 하지 않자 먼저 미안하다고 사과를 하더니, 라면이 보글보글 끓는 냄비를 보고는 입맛이 도는지 재빠르게 자기 방에 가서 김치를 들고 왔다. 우리는 마주 앉아서 라면발이 목구멍 끝까지 차오르도록 기운차게 먹은 다음 그대로 발랑 누웠다. 스르르 졸음이 왔다. 내가 막 한숨 자려고 하는 찰나에 병수의 목소리가 나지막하게 고막으로 기어들었다. 졸음이 싹 달아났다.

"형, 진짜 미안해요. 말하고 싶어도, 내가 이야기해도 믿지 않을 테니까 해봐야 소용없고…… 나를 정신이상자로 볼 테니까요. 그래서 하지 않을게요. 이해해주세요."

막상 그 말을 듣자 갑자기 화가 났다.

"이 자식이 대체 무슨 말을 하는 거야. 뭐어? 대체 왜 그러는데? 어디 이야기나 한번 들어보자, 이놈아. 그래야 내가 너를 이해하든 말든 할 것 아니냐!"

내가 벌떡 몸을 일으켰다. 병수는 천천히 상체를 일으키면서 나를 보았다. 병수가 호주머니에서 담배를 끄집어냈다. 나는 어렵

쇼, 하는 눈을 크게 떴다.

"형, 미안해요. 사실은 저, 담배도 일찍 배웠어요. 중학교 2학년 때부터 피웠어요. 형, 죄송한데 여기서 한 대만 피울게요. 오늘만 봐주세요."

"아, 나는 담배 연기 싫어하는데…… 좋아, 그 대신 말해라. 말 안 하려면 지금 나가고 인마. 나도 너 이상하게 인상 쓰는 것 더 이상 보기 싫다."

병수는 잠깐이나마 "헤헤헤" 하고 특유의 표정을 짓더니 제법 노련하게 담배에 불을 지르고 가슴속으로 연기를 불러들인 다음 곱게 내보냈다. 그 순간만큼은 그놈이 나보다 세월을 더 살아온 것 같았다. 참 맛있게 피웠다. 나는 처음으로 어른이 아닌 아이한 테도 담배가 괜찮을 수도 있다는 걸 알았다. 병수는 담배를 다 피우고 나서야 자기 방으로 가더니 문제의 그 상자를 들고 왔다.

"형, 정말 나를 이상하게 보지 마세요. 이 속에는 고양이 뼈가 들어 있어요."

고양이 뼈라는 말에 나는 잘못 들었나 하는 눈빛으로 병수를 쏘아보았다. 병수가 한번 보겠냐고 하였다. 막상 그렇게 말하자 대뜸 "그래" 하는 말이 나오지 않았다. 고양이 뼈라니, 등골이 오 싹해졌다. 작년 한식 날 아버지를 비롯하여 조상들 묘를 이장하 던 기억이 생생하게 살아났다. 초등학교 1학년 때 돌아가신 아버 지의 산소랑 얼굴도 모르는 조상님들의 묵은 산소를 포크레인이

파헤치기 시작할 때만 해도 나는 잔뜩 긴장하고 있었다. 무섭기도 하였다. 그런데 막상 그분들의 유골을 보자 "텔레비전이나 책에서 보던 유골이랑 똑같구나" 하고 마음이 차분해졌다. 그런 생각이 나서 잠시 눈을 감았다가 "됐다" 하고 말했다. 굳이 확인하고 싶지 않았다.

"우리 식구들은 고양이만 보면 치를 떨었지요. 오만상을 다 찡그리면서 부들부들 떨었어요. 세상에서 가장 징그러운 것을 본다는 표정. 저는 그런 식구들을 이해할 수 없었어요. 나는 고양이가 좋았거든요. 늘 단정한 털이며, 우주처럼 깊어 보이는 눈이며, 항상 서두르지 않는 걸음걸이며. 그때가 초등학교 몇 학년 땐지 그건 잘 기억나지 않지만…… 눈이 오지게 내린 겨울이었지요. 고양이 새끼 한 마리가 부엌으로 들어오더군요. 밖에서 떨다가 따뜻한 열기를 따라서 들어온 것이지요. 그런데 고양이를 본 엄마는 누가 칼이라도 들이댄 양 놀라서 자지러지더니, 찬물을 담아다가 고양이한테 홱 뿌리면서 '저리 가아!' 하고 야박하게 쫓아내더군요. 곧 아버지랑 누나들까지 나타나서 막 집어 던지고, 소리치고, 발을 구르고, 삿대질하고, 그랬어요. 그래도 새끼 고양이는 갈 데가 없었나 봐요. 식구들이 한눈만 팔면 다시 부엌으로 슬그머니 숨어들었으니까요……."

병수는 오돌오돌 턱방아 찧고 있는 고양이가 불쌍했다. 더구나 어머니는 다시 들어온 고양이를 보고는 더욱 매섭게 막대기를 휘둘렀다. 어머니한테 맞은 고양이 새끼는 비틀거리며 뒤란으로 도 망쳤다. 병수도 어찌할 수 없었다. 고양이 울음소리는 그날 밤새 도록 뒤란에서 울려 퍼졌다. 사흘 뒤 눈이 녹고 나서야 고양이는 장독대 뒤에서 싸늘한 몰골로 발견되었다. 그때부터 병수는 고양 이에게 더욱 애착을 갖게 되었다고 쓴 약을 먹는 표정을 지었다. 그 고양이 시체를 장독대 뒤에다 묻어준 뒤부터 병수는 식구들 몰래 고양이를 키우기 시작했다. 고양이는 그 어떤 동물보다 기르 기가 수월했다. 우선 다른 동물과 달리 가둬서 거둘 필요가 없었 고, 사람을 따라다니지도 않으므로 식구들에게 눈총 세례도 받지 않았다. 게다가 눈치도 빨랐다. 고양이는 병수를 보면 얼굴을 내 밀었다가, 식구들의 기척만 들리면 마루 밑으로 몸을 숨겨버렸다. 병수는 고양이에게 몰래 밥을 주었다. 그래도 전혀 문제가 되지 않았다. 병수가 고양이를 좋아한다는 소문이 고양이나라까지 퍼 졌는지 모르겠지만, 어느 날부터 병수네 마당으로 고양이들이 몰 려들기 시작하더니 삽시간에 십여 마리로 불어나자 식구들의 눈 빛이 거칠어지기 시작했다.

"이게 무슨 일이래! 웬 고양이들이 우리 집으로 모여들지? 우 리 집이 그렇게 만만해 보이나? 쥐약이라도 놔야겠어."

엄마는 부랴부랴 쥐약을 찾기 시작했고, 아버지랑 누나는 삽이 랑 대빗자루는 물론 돌멩이 같은 무기까지 동원하면서 고양이들 에게 선전포고를 하기에 이르렀고, 고양이들의 배후에 병수가 있다는 사실이 들통 나고야 말았다. 식구들은 너나없이 병수 앞에서 얼굴을 붉혔다.

"병수야, 너는 왜 고양이를 좋아하냐? 징그럽지도 않냐? 엄마가 강아지를 사줄 테니까 강아지나 길러라. 제발 고양이만은 기르지 마라. 고양이는 징그럽고 불결한 짐승이다."

"엄마, 그건 오해예요. 난 고양이가 좋아요. 개는 싫어요."

골목골목 고양이 흔적을 뒤지고 다니던 아버지가 꼴짝꼴짝 눈물 짜내는 아들이 안쓰러워 보였는지 "그럼 앵무새 같은 새를 키워 봐라" 하였건만 타협하지 않았다. 병수에게는 고양이밖에 없었다. 그 파아란 눈, 자근자근 물어뜯고 장난치노라면 간질간질한 그 입, 꼬리에 솔방울을 매달아두면 빙글빙글 돌면서 앙글거리는 고양이. 병수의 눈에 비친 식구들은 악마나 다름없었다. 어머니는 병수가 말을 듣지 않자 고양이들의 씨를 말리기 위한 치밀한 작전을 세웠다. 그 작전은 정말 무시무시하였다. 맨 먼저 소도둑의 허벅다리를 한 근이나 물어뜯은 전력이 있는 이장네 셰퍼드가 원정을 나왔다. 그날 병수는 어머니가 죽어버렸으면 좋겠다는 낙서를 사방에다 하면서도 후회하지 않았다. 송아지만 한 셰퍼드는 어머니의 기대 이상으로 혁혁한 공을 쌓았다. 잔인했다. 셰퍼드는 한입에 고양이들을 절명시켰다. 죽은 고양이를 장독대 옆에다 늘어놓고 개를 칭찬하던 어머니는, 무심코 땅바닥에 새겨진 그 낙서를 눈어림하더니 손바닥으로 병수를 마구 내리쳤다.

"이놈의 새끼야, 그래, 엄마보다 고양이가 더 좋아? 어서 말해
봐. 엄마보다 고양이가 더 좋냔 말이어! 그래, 엄마가 쥐약 먹고
죽어버리면 시원하겠지? 내가 저런 놈을 키웠으니, 아이고, 세상
말세다! 여보오, 나 저놈 무서워서 못살겠소! 세상에 저런 놈이
어디 있을까."

병수는 아무리 얻어맞아도 잘못했다는 말을 하지 않았다. 때리
다가 지친 어머니는 일부러 더러운 도랑물을 바가지로 퍼다가 손
으로 홰홰 휘저어 단숨에 마시고는 우엑우엑 토악질하면서 "내가
자식이 아니라 고양이 새끼를 키우고 있었구먼. 이래서 이빨은 오
복에 들어도 자식은 오복에 들지 않는 것이라고 했나 보다" 하고
는 할머니가 돌아가셨을 때처럼 통곡을 하여서 온 동네 사람들을
놀라게 하였다.

그 일로 병수는 면장보다 더 유명해졌다. 어떤 사람들은 "에이,
호래자식!" 하고 노골적으로 얼굴을 붉혔으며, "고양이 구신이 씌
었을지도 몰라" 하고 심각하게 흘겨보는 이들도 있었다. 병수는
동네 어른들만 만나면 죄인 아닌 죄인이 되어 고개를 숙였다. 어
머니는 어머니대로 화병 나기 직전이라고 하면서 평생 입에도 대
지 않던 술을 가까이하였다. 그럴수록 병수는 마음의 문을 꼭꼭
닫을 수밖에 없었다.

초등학교 4학년 여름날 저녁 무렵이었다.

"놀다가 집에 오니까 누나가 쉿, 하고 봉숭아물 든 손가락으로

내 입을 막은 다음 뒤란으로 끌고 갔어요. 뒤란에서는 내가 기르던 고양이가 앓고 있더군요. 누나가 그랬어요. '아마 쥐약 먹은 쥐를 잡아먹은 모양이다. 엄마 아빠가 알기 전에 니가 어떻게 해봐라.' 내가 손을 대자 고양이는 눈을 뜨고는 알아보더라고요. 얼마나 아픈지 자꾸만 신음 소리만 뱉어내는데…… 살려달라고 하는 것 같았어요. 형, 그때 내가 어떻게 했는지 아세요? 5키로나 떨어진 면소재지까지 캄캄한 밤길을 달려가서, 약방 문을 두드린 다음 소화제를 사 왔어요. 그때는 그걸 먹으면 나을 줄 알았거든. 나는 약을 빻아서 물에 탄 다음 고양이한테 억지로 먹였어요. 그리고 아침에 일어나니까 고양이가 없더군요. 식구들은 모두 슬금슬금 나를 피했고, 누나만이 나를 달랬지요. 세상에나, 어머니가 죽은 고양이를 집 앞 시궁창에다 던져버린 거예요. 형, 그때 내가 어떻게 했는지 아세요? 예에, 송장벌레들이 득시글득시글한 고양이 시체를 시궁창에 엎드려서 건져다가 깨끗하게 목욕시킨 다음 뒷산에다 묻어주었지요. 그 뒤로 기분이 안 좋을 때마다 고양이 무덤에 갔어요. 이상하게도 거기에 가면 마음이 편해지고, 캄캄할 때 가도 무섭지도 않더군요. 그러자 아버지까지 나를 미친놈 취급하면서 신경정신과 병원으로 끌고 다니고, 밤이면 나가지 못하게 문고리를 묶어놓더니, 급기야는 고양이 무덤을 파헤쳐버렸지요. 스님 복장을 한 분이 와서 굿도 했는데, 진짜 스님인지 무당이었는지 모르겠어요. 그랬어요. 형, 우습지요? 놀랐지요? 형도 내가 이상한 놈으로 보이지요? 그럴 겁니다. 다 그랬으니까요. 다 알아요."

"병수야, 나 역시 동물을 엄청 길러 보고, 내가 기르던 토끼들을 엄마가 팔아버리자 진짜 죽이고 싶도록 미워하기도 했고 울기도 많이 울었고, 어른들이 먹다 버린 토끼 뼈를 묻어주기도 했고…… 요즘도 토끼장에 혼자 웅크리고 있는 토끼 꿈을 꿔. 그래서 이해할 수는 있을 것 같애. 다른 사람들은 너를 이상하게 생각할지 모르겠지만 나는 아니야. 그럼 너 그 나무상자 안에 든 고양이 뼈는……?"

"예에, 이것은 그때 죽은 고양이는 아니고요. 중학교 3학년 때 죽은 고양이 뼈예요. 나는 정신병원이나 이러저러한 사람들한테 불려 다니는 것이 싫어서 고양이를 키우지 않는 척했지요. 겉으로는 명랑했고요. 그것이 바로 내가 미치지 않았다는 증거예요. 이 녀석은 나랑 가장 친했던 고양이였어요. 밤에도 내가 화장실에 가서 노래만 부르면 어느새 나타나고, 내가 학교에서 올 때면 골목 끝에 나와서 기다리고, 내가 우울해하면 옆에 와서 마구 볼을 비벼주고…… 척 보기만 해도 서로의 마음을 알 수 있는 그런 녀석이었는데…… 쥐덫에 걸려 몸부림치다가 죽었어요. 하도 마음이 아파서 울타리 옆에다 묻어두었는데, 하필 그 밑에다 어머니가 무구덩이를 파겠다고 하길래 부랴부랴 파내서 보관하다가 여기까지 가져온 거예요. 일부러 그런 건 아니고요, 진짜 어찌어찌하다 보니 그렇게 됐어요. 형, 부탁이에요. 곧 우리 엄마가 올라오시는데 절대로 말하지 마세요. 주인 할머니한테도 말 좀 잘해주세요. 만약 엄마가 아시면 또 정신병원에 보낼지도 몰라요. 나는 이렇게 혼자 자취하는 게 좋아요. 혼자 살면서 성격도 많이 좋아졌어요. 근처에 친척들도 있지만 제가 싫다고 했거든요.”

병수는 더욱 곱작곱작하면서 하소연하였다. 그 몸짓이 묘하게도 고양이를 닮아 있었다.

“걱정 마라. 병수야, 그러면 이 고양이 뼈는 어떻게 할래? 늙어 죽도록 가지고 다닐 수는 없잖아? 서울로 대학을 가거나 군대에 갔을 때도 문제고.”

“예에, 알아요.”

“고양이를 좋아하는 니 마음은 병이 아니라고 생각해. 하지만 이렇게 뼈까지 가지고 다니는 건 병일 수도 있어. 이제 너도 어른이 되어가니까 얼마든지 고양이를 기를 수가 있어. 그 대신 이 뼈는 자연으로 돌려보내야지. 나는 그렇게 생각한다. 사람도 죽으면 자연으로 가니까.”

그날 밤 잠이 오지 않아서 뒤척거리다가 마당에 나가 보니 병수가 대추나무에서 십여 걸음 떨어져 있는 곳을 파고 있었다. 병수는 나무상자에서 끄집어낸 고양이 뼈를 흙으로 덮었다.

내 말을 쓸어 담던 아내가 찬수 엄마를 곁눈질하면서 물음표를 손으로 그렸다.

"그 병수라는 사람은 지금 뭐해요?"

"응, 대학에서 학생들을 가르치고 있어. 지금도 도둑고양이를 보면 그냥 지나치지 못하고 호주머니 털어서 쥐포 한 마리라도 사주고 간다고 하더군. 물론 살아가는 데에는 전혀 문제없지. 오히려 산문(山門)에 들어서는 심정으로 매사에 경건하고 조심스럽게 일하며, 특히 아이들 세계를 인정하고 존중하려고 애쓰며 살아간다고 하더군. 훌륭한 친구야. 내가 존경하는 친구야……."

찬수 엄마는 영화 속에서나 나옴직한 이야기라고 오늘따라 낮게 입을 놀리면서 팔짱을 사리고는 몸을 일으켰다. 우리는 특별한 손님이라도 배웅하는 양 연립주택 밖에까지 따라 나갔다.

찬수 엄마가 나가자 아내가 술 한잔 하자고 하였다. 우리는 조용히 술을 마셨다. 목구멍 속에서는 수많은 말들이 맴돌았다. 이상하게도 그 말들을 쏟아낼 수 없었다. 아니 입 밖으로 내놓지 않아도 서로의 목구멍 속에, 눈 속에, 마음속에 있는 말들을 알 수 있었다. 우리의 마음은 지금 방에서 자는지, 아니면 친구들이랑 이불 속에서 문자를 날리고 있는지 알 수가 없는 딸한테 가 있었다. 술이 알딸딸하게 오르자 내가 먼저 입을 열었다. 씻지도 않고 자는 거지? 아내는 그게 뭐가 중요하냐고 다소 통명스럽게 대답했다. 한숨만 커졌다. 저번에 담임 선생님이랑 면담할 때도 큰 문제는 없다고 하면서 안심하라고 하시던데. 선생님들이야 그렇게 말하겠지. 내가 아내의 말을 받아내면서 한숨을 쉬었다. 담주에 어디 여행이나 갔다 올까? 잠깐 현실로부터 멀어지는 것이 도움될 수도 있잖아? 아내는 다시 약간 퉁명스럽게 받아쳤다. 선민이가 가려고 해야 말이죠. 뭘 어떻게 해줄 수가 있어야지 원. 좋은 대학 안 가도 되니까 너무 아등바등하지 말라고 해도 저러니. 이것 참, 부모가 이렇게 무기력한 존재라니…… 그게 더 우울하고 힘드네요. 나는 그냥 고개만 끄덕여주었다. 결국 우리는 지금 딸을 위해서 할 수 있는 게 아무것도 없었다.

아무래도 무리했다. 너무 많은 술을 마셨다. 나는 눈을 뜨는 순간부터 얼굴을 찌푸렸다. 머리가 아프고 속도 부글부글 끓었다. 아내는 아직 눈을 뜨지 않았다. 오전 열 시가 넘었다. 나는 화장실에서 볼일을 본 다음에서야 딸을 생각했다. 일요일이니까 푹 자고 있겠지. 거실로 나와 잠깐 망설이다가 쳐다보니까 딸이 거처하는 방문이 열려 있었다. 딸은 나가고 없었다. 낭패였다. 아내를 깨울까 하다가 딸에게 문자를 날렸다.

　—선민아, 어디? 오늘은 푹 쉬지, 어디 갔니?

　—아빠, 일어났구나. 내가 다녀오겠습니다 하고 세 번이나 소리쳤는데…… ㅋㅋ…… 독서실. 집에 있어봤자 머리만 아프고. 새벽에 눈떴는데 잠도 안 오고. 어차피 집에 있어도 쉴 수 있는 것도 아니고. 차라리 독서실에 가서 자야지 하고 나왔어.

　—독서실에서 어떻게 자니? 집에서 빈둥빈둥하면서 TV도 좀

보고…… 엄마 아빠랑 맛있는 것도 사 먹고 그러면 피로도 좀 풀리지. 일찍 와. 엄마 걱정하신다.

—넘 걱정 마. 집보단 독서실이 편해. 여긴 나랑 같은 패잔병들이 우글거리잖아. 용돈이나 좀 두둑이 주삼. 친구들이랑 맛있는 거 사 먹게. 엄마한테 이따가 전화할게. 어젯밤에 놀라게 해서 미안. 아빠도 잘 쉬어.

—짜식…… 참, 선민아, 강아지 한 마리 데려올까? 까짓것, 집주인이 반대하면 나가지 뭐. 계약 기간도 다 끝나가는데. 너만 좋다면…… 어때?

—헐, 우리 아빠 짱이다. 좋아, 하지만 지금은 말고. 나중에…… 나, 나중에 말하려고 했는데, 강아지보다는 남친 있었으면 좋겠어. 어떻게 생각해? 고3인데 무슨 남친 타령이냐고 할 거지?

—따라다니는 놈 있니?

—그건 아니고…… 내가 살짝 좋아지려고 하는 놈이 있어. 내가 먼저 대시를 해볼까 궁리 중.

—개 대신 남친이라? ㅋㅋㅋㅋ…….

갑자기 찬수 엄마의 카랑카랑한 목소리가 베란다 유리창을 흔들었다. 나도 모르게 "왜 또 저러는 거야!" 하고 얼굴 살을 구기면서 창가로 갔다. 찬수는 우리 집 화단에 쪼그려 앉은 채 그녀의 욕설을 받아내고 있었다. 찬수 엄마는 동네 아주머니들이 불어나자, 당신들은 반드시 내 우군이어야 한다는 식으로 골고루 눈길을 주고는, 아들 때문에 말라비틀어질 지경이라고 가슴을 쳐댔다.

"우리 찬수를 어떻게 해야 할지 모르겠어요. 보통 일이 아니라니까. 글쎄 죽은 다람쥐를 화장시켜주겠다고 저 지랄이야. 인터넷을 다 뒤져서 동물들 화장시켜준다는 곳을 찾았다나 어쨌다나. 내가 저 아래에다 몰래 묻어놓은 걸 찾아낸 모양이야. 저번에도 그랬지. 한두 번이 아니야. 지나쳐. 보통 문제가 아니라니까. 밥도 안 먹어. 동물들 죽었다고 울고불고 난린데, 부모가 죽어도 저러지는 않을 거야."

내 몸에서 풀이 돋아날 것 같은 봄날, 가만히 있으면 풀이랑 나무의 목소리가 들려올 것 같은 봄날, 일 년 중 딱 이맘때 봄날 중의 봄날, 꽃보다 잎새가 예뻐 보이는 며칠 중의 하루. 그런 봄날이었다.

매운 떡볶이,『본질과 현상』2005년 겨울호 발표 후 개작 (원제 : 아가야)

사랑니,『실천문학』1998년 가을호 발표 후 개작

그들이 다시 만났을 때,『시와 동화』2011년 여름호

신이 내린 안마사가 사는 집,『2011년 함평문인대회 함평문인작품선집』(원제 : 집)

개 대신 남친,『자음과모음 R』2012년 봄호

해설

폭력의 생성, 계보
혹은 현실의 지도

오민석 (문학평론가, 단국대 교수)

이 소설집의 주인공들은 하나같이 청소년들이다. 그러나 우리는 이 소설들을 '청소년 소설'의 범주에 가둘 수 없다. 소설 속의 청소년들은 성년의 세계와 분리되어 있지 않으며 성년들과 다른 삶의 조건 속에 있지도 않다. 그들은 성년들과 동일한 조건에서 단지 다른 방식으로 세계를 대면할 뿐이다. 성인들이 자신들이 처해 있는 세계에 대해 아무런 문제 제기를 하지 않는다면, 이 소설 속의 청소년들은 그것의 당위에 대하여 온몸으로 질문을 던진다. 바로 그 차이이다. 용납할 수 없는 현실을 용납할 수 없다고 정직하게 고백하는 것. 청소년 혹은 청년들의 이 순박하고 아름다운 저항 때문에 우리는 날것의 현실에 생생하게 노출된다.

그 현실은 우리 성인들이 애써 덮어왔고 감추어왔던 폭력의 세계이다. 이 세계는 가공할 만한 폭력으로 조직되어 있으며, 이 폭력은 우리의 존재와 인간적 삶을 끝없이 위협한다. 그것을 당연한 것으로 치부하는 것은 어른들의 몫이다. 가련할 정도로 순수한 영혼의 소유자들인 이 소설의 주인공들은 그것을 당연한 것으로 받아들일 수 없다. 장애, 가난, 불륜, 낙태, 성폭력, 죽음이라는, 우리의 존재를 위협하는 이 심각한 항목들을 어떻게 당위로 받아들일 것인가. 당연한 것은 하나도 없다. 그런 의미에서 이 소설집은 인간의 삶을 불행하게 만드는 것들에게 당위의 작위를 주기를 거부하는 청(소)년들의 집요한 자기 싸움의 기록이다. 그러나 역설적이게도 이 싸움의 외피는 늘 또 다른 폭력의 생성으로 나타난다. 청년들은 아직 미숙할뿐더러 권력을 갖고 있지 못하므로 시스템에 도전할 수 없다. 그렇다고 현실을 수긍하기에 이들은 너무나 젊고 순수하다. 또한 사회는 이들의 도전 자체를 결코 허락하지 않는다. 이들이 저항할 수 있는 유일한 도구는 자신의 몸밖에 없다. 그들은 거의 자학하다시피 자신들의 몸을 던져 이 세계와 싸운다. 이 저항은 때로 또 하나의 하찮고 서툰 폭력으로 해석되지만, 그것은 폭력으로 폭력을 위장하는 성인의 시선으로 볼 때 그러한 것이다. 자고로 원인 없는 결과란 없는 것이다.

이제 우리는 이 소설집을 구성하는 다섯 개의 섬을 차례로 둘러볼 차례이다. 이 섬들은 각각 독립되어 있지만 동시에 서로 긴밀히 연결되어 폭력 지배의 현실과 이에 저항하는 청년들의 삶을 선명하게 구성한다.

1. 근원적 폭력에 대한 존재론적 질문: 「매운 떡볶이」

작가는 이 소설의 제사(題詞)로 천상병 시인의 「아가야」의 일부를 인용한다.

"아가야, 왜 우니? 이 인생의 무엇을/안다고 우니? 무슨 슬픔을 당했다고,/우니?"(11쪽)

우리는 왜 우는가? 도대체 무슨 슬픔을 당했다고. 이 질문은 아가가 아니라 사실은 온 인류에게 던지는 질문이다. 여기에서 인류란 피조물로서 조물주의 전권(全權) 아래 있는 유한한 존재들을 가리킨다. 가령 '누구는 왜 장애인으로 태어나는가'라는 질문에 대답할 수 있는 사람은 없다. 그것은 우리 인간의 선택 바깥에 있는 어떤 다른 존재의 권한이기 때문이다. 장애는 스스로 선택한 것이 아니라 외부로부터 일방적으로 주어진다는 의미에서 적어도 피조물의 입장에서 볼 때에 (저항할 수 없는) 폭력이다.

이 소설에서 주인공 채영은 자폐증에 걸린 사촌(외삼촌의 딸)인 해정에 대하여 평소에 별다른 생각을 하지 않고 지낸다. 그러나 자신과 친구처럼 지내는 작은이모의 태아에게 선천적 장애의 문제가 발견된 것을 계기로, 장애에 대하여 처음으로 존재론적 질문에 빠져든다. 엄마, 아빠, 큰이모, 외삼촌 등 대부분의 어른들은 장애를 불행과 동일시하며 작은이모에게 낙태를 권한다. 말하자면 의지와 무관하게 벌어진 일에 대하여 인간으로서 할 수 있는 가장 손쉬운 해법을 선택하자는 것이다. 이 기계적인 과정에서 생명 윤리에 대한 모든 복잡한 담론과 사유는 제거된다. 이에 대한 채영의 반응은 다음과 같다.

"그냥…… 그런 생각이 들어서. 장애인들은 모두 다 불행할까? 만약, 만약에 말야, 임신했을 때 배 속에 있는 아기한테 장애가 있다는 것 알았다면, 그 아이를 태어나지 못하게 하는 게 옳을까, 아니면 태어나게 해야 할까? 태어나서 불행하게 살 바에는 태어나지 못하게 해야 하는 걸까?"(35쪽)

장애를 불행과 동일시하며 장애를 없앰으로써 불행으로부터 벗어날 수 있다는 단순한 발상은 채영에 의해 의심받는다. 채영의 담론은 성인들의 단순한 1차 대상 담론을 심문하는 2차 주체 담론이라는 점에서 오히려 더 큰 권위를 갖는다. 그러나 이 복잡한 사유는 이론이나 논리가 아니라 엉뚱하게도 개가 새끼를 낳는 장면에 대한 목격을 통해 더욱 실체적인 무게를 갖게 된다. 가령 채영네 집에서 키우다가 해정네 집으로 간 개가 누구의 도움도 없이 다섯 마리의 강아지를 낳은 이야기를 앞부분에서 언급한 이 소설은, 다시 채영네 집에서 키우는 쭈글이라는 개가 새끼를 낳는 과정을 채영이 목격하는 것으로 끝난다. 채영에게 있어서 한 생명의 탄생의 과정은 당혹 그 자체였으나 채영은 그 과정을 통해 "나도 나중에 저렇게 아기를 낳을까? 무서우면서도 신비로웠고, 신비로우면서도 두려웠고, 두려우면서도 황홀했"다고 고백한다. 더 재미있는 것은 강아지의 탯줄을 어떻게 처리해야 할지 몰라 당황하고 있는 (비장애인인) 채영의 질문에 대한 (장애인인) 해정의 대답이다. 해정의 대답은 의외로 간단하다. 그냥 내버려두면 개가 알아서 다 한다는 것이다("몰라, 몰라, 몰라. 고수가 다 알아서 했어"). 장애인인 해정의 대답은 많은 의미를 함축한다. 그것은 장애의 문제를 순전히 편의의 문제로 생각하는 성인들의 단순한 사고를 순식간에 뛰어넘는 것이다. 그것은 또한 생명의 문제가 우리 인간의 권한을 넘어서는, "몰라, 몰라, 몰라"라는 해정의 대답에서 드러나듯 우리 인간이 알 수 없는, 자연 혹은 더 초월적인 어떤 원리에 속해 있다는 짙은 암시이기도 하다. 해정의 말대로 쭈글이는 마치 채영의 당혹스러움을 비웃기라도 하듯 아무런 도움도 없이, 오로지 자연의 도움만으로 새끼들을 순서대로 잘 낳는다. 생명은 그 자체 자신의 논리로 태어나며 때로 장애를 겪기도 하고 그렇게 더 큰 어떤 원리에 따라 살아가게 되어 있는 것이다. 그러니 우리는 이 소설의 제사로 인용된 천상병의 시를 다시 떠올리게 되는 것이다.

"아가야, 왜 우니? 이 인생의 무엇을/안다고 우니? 무슨 슬픔을 당했다고,/우니?"

2. 폭력의 계보학: 「사랑니」

이 작품에서 우리는 폭력이 나름의 근원을 가지고 일종의 계보를 형성하며 발전하고 있음을 본다. 폭력은 부재하는 원인(absent cause)이 아닌, 명백한 사회적 근원을 가지고 있다.

주인공 황진우는 현재 고등학교 2학년 소년 가장으로서 할머니와 함께 살고 있다. 진우의 불행한 삶은 어머니의 외도에서 시작된다. 어머니는 젊은 목사와 눈이 맞아 5년 전에 가출을 했고 그로 인한 화병으로 아버지는 사망했다. 진우에게 폭언과 폭력을 서슴지 않는 진우의 초등학교, 중학교 동창인 동현 역시 진우와 다를 바 없는 폭력의 가계를 가지고 있다. 그의 어머니 역시 외도로 가출을 했으며 집 나간 아내를 찾아 떠돌던 아버지는 정신병자가 된다. 동현은 자신의 어머니에 대한 증오를, 유사한 가계사를 가지고 있는 진우에 대한 폭력으로 투여한다. 동현 부모의 폭력이 동현을 거쳐 진우에게로 이어지는 것이다. 폭력은 이렇게 일종의 계보를 형성하면서 재생산된다. 진우의 여자 친구인 풀잎 역시 또 다른 폭력의 역사를 가지고 있다. 치과 의사 아버지와 대학교수인 어머니 사이의 겉으로 보기에 유복한 집안 출신의 풀잎 역시 근친상간(과외 선생인 사촌 오빠와의 관계)으로 임신한 아기를 낙태시킨다. 부모로부터 합당한 보호를 받지 못한 진우는 여자 친구인 풀잎의 부모로부터 고아라는 이유로 사실상 교제를 거절당하면서 삼중의 폭력 구조(부모, 동현, 풀잎의 부모의 폭력) 안에 갇히게 된다. 각각의 폭력의 계보를 가진 이 세 사람은 서로 얽히면서 이 소설의 서사를 전개시킨다. 진우는 이 소설의 시작 부분에서 종결부까지 계속 심한 치통에 시달리는데, 여기에서 치통은 이와 같은 폭력과 그로 인해 나약한 개체가 감당해야 하는 고통을 상징하는 것이다. 진우가 감당할 수 없는 치통을 "징그럽다"라고 표현하자, 할머니는 "징그럽다는 뜻을 일찍 알았으니까 빨리 철들겠"다고 말한다. "이빨이 쉬이 빠지지 않는 것은 아직 때가 되지 않아서"그런 것이고, 따라서 "더 기다려야" 하며, "앞으로 세상을 살다 보문 이렇게 고통을 참으며 기다려야 헐 때가 많을 것"이라는 할머니의 전언은 폭력의 중첩된 계보를 지나면서 진우가 체득하는 뼈아픈 교훈이다. 진우의 이와 같은 성숙은 임신 중절 수술을 받은 풀잎(타자)의 고통에 대한 육체적(실질적) 이해와 공감으로 발전된다.

"아, 얼마나 아팠을까, 넌, 넌, 넌…… 자궁 속에 있는 사랑니를…… 아, 아, 아…… 난 한 번도 그런 생각 하지 않았어."(82쪽)

오직 폭력의 채널을 경유하고 나서야 세계에 대한 관계적 인식, 공감적 연대가 이루어진다는 것은 역설적으로 이 사회의 모든 통로가 폭력으로 가득 차 있음을 보여준다.

3. 정치화된 폭력 그리고 현실의 지도: 「그들이 다시 만났을 때」

이 작품에서 '그들'이란 초등학교 4학년 때부터 중학교 2학년 때까지 지방의 한 고장에서 함께 자란 친구들, 즉 민우, 동우, 선우를 의미한다. 이들을 서로 연결시켜주는 고리 역시 폭력이다. 이 폭력은 이들에게 정신적 외상(트라우마)으로 작용한다. 이들은 폭력을 통해 세상을 알게 되며 폭력을 통해 서로를 이해해간다. 소설의 구도는 중학교 2학년 이후 각기 다른 길을 갔던 친구들이 3년 만에 다시 해후하는 이야기이다.

이 해후는 폭력의 아픈 상처를 다시 상기시킨다. 이들이 최초로 폭력을 함께 경험한 것은 동우가 주완이라는 다른 친구와 맞짱 뜨기를 한 때이다. 동우를 응원하기 위해 현장에 합세했던 민우와 선우는 수적 열세로 인해 주완 일행으로부터 폭력으로 제압된다. 이들은 폭력을 당했으나 엉뚱하게도 다음 날 자신들이 가해자로, 주완 일행이 피해자로 둔갑되는 현실을 목격한다. 그들은 먼저 진단서를 끊는 자가 우선이라는 현실의 정치를 몰랐던 것이다. 이후 주완은 온갖 야비한 방법을 동원하여 주인공 민우를 괴롭히고, 민우는 주완의 폭력에 대한 역폭력으로 주완에게 폭력을 행사하려 하지만, 어찌 보면 정의로운(?) 이 폭력은 주완의 주도면밀한 정치성에 의하여 늘 조직폭력배의 그것으로 왜곡된다. 결국 민우는 본의 아니게 그 지방에서 폭력 조직의 배후인 것처럼 취급당해 더 이상 정상적으로 학교생활을 하는 게 불가능해진다. 이후 민우는 서울 근교의 전원주택으로 이사하여 대안 학교로 진학한다. 한편 선우는 강남의 좋은 학군을 찾아 이사하고, 지방 소도시에 혼자 남게 된 동우는 부모의 이혼, 아버지의 사업 실패, 아버지 가방에서 유서와 자살용 칼을 발견하는 등 시련의 세월을 보낸다. 그런데 각각 아픈 상처를 보듬고 지낸 3년 후에 민우가 만난 동우는 민우를 불행으로 몰아넣었던 주완과 친구가 되어 있다. 폭력의 근원이었던 주완 역시, 아버지가 사고로 식물인간이 된 지 1년이 넘었고 어머니는 가출해, 오토바이 배달을 하면서 근근이 살아간다. 민우는 동우가 과거의 역사를 잊고 자신에게 폭력의 트라우마를 남긴 주완과 절친하게 지내고 있음에 분개한다.

이 작품이 다른 작품들과 구별되는 것은 폭력을 정치의 층위와 연결시키고 있다는 것이다. 폭력이 악으로 가동되는 것은 그것이 정치성을 가질 때이다. 정치화된 폭력은 단순한 몸싸움 이상의 아픈 상처를 개인에게 각인시킨다. 민우는 정치화된 폭력이 지배하는 현실의 지도를 우리에게 제공한다. 주완에 대한 민우의 폭력이 정치화된 폭력에 대한 저항이라는 점에서 정당화될 수 있다면, 주완의 폭력은 폭력의 외피를 입은 정치라는 점에서 악에 가깝다. 민우가 주완의 딱한 사정을 이해하면서도 이 악의 역사를 용납할 수 없는 것은 이 악에 대한 적절한 청산의 과정을 거치지 않았기 때문이다. 동우가 이 악에 대한 청산의 과정을 주완과 함께 거쳤다면, 민우는 이 정치화된 폭력의 희생자일 뿐 그것을 청산하는 아무런 제의(祭儀)도 통과하지 않은 것이다.

4. 치유의 공간, 가족공동체: 「신이 내린 안마사가 사는 집」

이 소설집의 주인공 청소년들은 대부분 결손가정 출신들이다. 그들은 가정에서 상처 받고 사회로 나가지만 그곳엔 더 큰 폭력이 기다리고 있다. 그들은 폭력의 라인을 따라 떠돈다. 이 소설의 화자 황진운 역시 할머니가 돌아가신 후 시골집에서 올라와 누이들과 뿔뿔이 흩어진 채 연립주택 지하에서 아버지와 단둘이 산다. 아버지는 그를 돌볼 능력도 의사도 없다. 그래서 그는 자신의 집을 "벙커"라고 부른다. 그것은 가정이 아니라 폭력 지배의 전쟁터에서 자신의 몸을 간신히 숨길 일종의 방공호에 불과하다. 학교에 가면 폭력배들이 그를 가만 놔두지 않는다. 김한조로 대표되는 이들은 진운 앞에서 헌수라는 유약한 동성 친구를 성폭행하기까지 한다. 진운에게 있어서 싸움은 불가피한 현실이다. 진운은 이와 같은 폭력에 맞서는 일로 자신의 존재감을 확인한다. "싸움이야말로 유일하게 황진운이라는 인간의 존재감을 드러내는 표현"이었기 때문이다. 김한조 일행과 싸운 후 진운은 학교를 떠나 거의 무의식적으로 가족들이 함께 살던 시골집으로 내려온다. 시골집은 오갈 데 없는 그를 받아줄 어머니의 자궁처럼 그가 되돌아갈 수 있는 가장 마지막의 공간이다. 세상의 폭력 속에서 싸움 외에는 자신을 표현할 길이 없었던 진운은 절망 속에서 자신도 모르게 치유의 안식처를 찾아온 것이다. 시골집에서는 진운 아버지의 허락으로 안마사인 시각장애인 강달수의 가족이 살고 있다. 강달수는 사기 결혼을 당하고 폭력에 시달리다 도망친 필리핀 출신의 장애인 여성과 살림을 합쳐 살고 있는데, 이들은 비록 가난하게 살지만 온 집 안을 꽃으로 장식하며 따뜻한 정이 오가는 가정을 꾸리고 있다. 강달수의 딸 지윤과의 대화를 통해 그리고 강달수 가족의 따뜻한 환대를 통해 진운은 폭력 너머에 있는 치유의 공간을 발견한다. 진운은 태어나서 처음으로 사랑이 지배하는 생소한 공간을 만나는 것이다. 소설의 말미에서 저수지 근처에서 싸움을 하는 어른들을 보고 진운이 던지는 다음과 같은 질문을 보라.

"이상하게도 지금 싸우고 있는 저 사람들이 궁금해진다. 저 사람들이 어떤 집에서 살고 있을까 궁금해져, 그냥. 친한 친구들 같은데, 더구나 낚시 핑계를 대고 같이 놀러 왔다가 싸우는 저 사람들은 어떤 집에서 살고 있을까? 어떻게 살고 있을까? 왜 갑자기 그게 궁금해지지?"(170쪽)

진운의 궁금증은 가족이라는 공간에 대한 새로운 인식 때문에 생긴 것이다. 가족공동체는 폭력의 근원이 아니라 그 원래의 목적대로 사랑이 지배하는 곳이어야 하며, 진운은 난생 처음으로 그것을 느끼며 치유의 시작을 경험하고 있는 것이다.

5. 폭력의 저편, 반려동물 사랑하기: 「개 대신 남친」

앞의 소설들이 폭력을 직접적 주제로 삼고 있다면, 이 소설은 폭력의 저편에 있는, 폭력과는 정반대의 공간에 있는, 어찌 보면 지나칠 정도로 나약해 보이는 청소년들의 세계를 보여준다. 죽은 다람쥐의 죽음을 애도해 마치 사람이 죽은 것처럼 관을 만들어

장례를 치르다가 어머니에게 매를 맞는 찬수나, 중3 때 죽은 고양이를 못 잊어 그 뼈를 지니고 있는 병수의 이야기는 폭력의 저편에서 생명에 대한 과도한(?) 집착을 보이는 청소년들의 모습을 보여준다. 우리가 병리학적인 해석을 하고자 한다면, 이것을 폭력 지배의 현실에 대한 그들의 과도한 반감의 표현으로 읽어도 좋을 것이다. 사람과 사람 사이에서 시도 때도 없이 행해지는 수많은 폭력들은 이들의 시선을 무념무상의 반려동물의 세계로 옮겨놓는다. 반려동물과의 관계 속에는 그 어떤 폭력도 개입할 여지가 없기 때문이다. 폭력 제로의 그 완벽한 현실 안에서는 자연사조차도 용납하기 어려우며 따라서 찬수나 병수는 반려동물의 자연스러운 죽음에 대해서도 과도한 애정으로 반응하는 것이다. 이들은 폭력 지배의 현실에서 철저하게 밀려나 왜소화될 대로 왜소화된 하위 주체로서의 청소년들의 (불쌍할 정도로 나약한) 모습을 절절하게 보여준다. 이리하여 그들의 모습은 동정의 대상이기는 하나 해결의 출구일 수는 없다. 이 소설 속에서 폭력 지배의 현실로부터 극단적으로 소외된 이런 청소년들과 달리 사랑의 건전한 관계로 나아가는 또 다른 청소년이 있다는 것은 실로 다행이 아닐 수 없다. 그는 바로 이 소설 속 화자의 딸인 고3 수험생인 선민이다. 찬수나 병수와 마찬가지로 강아지에 대해 강한 집착을 보여왔던 선민은 어느 날 강아지를 사주겠다는 아빠의 제안에 대해 "강아지보다는 남친(이) 있었으면 좋겠어"라는 성숙한 대답으로 응수한다. 이 소설의 제목인 "개 대신 남친"이라는 슬로건은 폭력 지배의 현실 안에서도 위축되지 않으며, 나약한 삶의 태도를 과감하게 버리고 건강한 관계적 삶으로 당당하게 나아가는 우리 청소년의 밝은 태도를 보여주는 것이다.

헤르만 헤세의 『수레바퀴 밑에서』, 『데미안』, 괴테의 『빌헬름 마이스터의 수업 시대』 등 서양 성장소설의 고전들과 이 소설이 다른 점은 이 소설이 더욱 노골적인 폭력 지배의 현실을 전경화하고 있다는 것이다. 이 야만의 폭력은 사회적 안전망이 사라진, 그리하여 생계만이 유일한 목표가 되어버린 우리 사회의 빈한함을 보여준다. 가정 단위에서 생성된 폭력은 개인들 간의 접점을 따라 일종의 라인을 형성하며 전 사회적인 폭력의 계보를 형성해나간다. 그리하여 이 소설집의 주인공들의 성장은 철저하게 사회적 폭력 안에서 이루어지며 그래서 더욱 처절하고 절실하며 소중하다. 이들의 성장은 '외롭고 높고 쓸쓸한' 숭고미가 아니라 욕설과 증오와 치욕의 고통으로 점철되어 있다. 그리하여 「신이 내린 안마사가 사는 집」이 보여주는 치유의 모델이 가족공동체로 집중되는 것은 우리 사회에서 가족이 폭력의 기원이 되고 있다는 사실을 역설적으로 보여주는 것이다. 그렇다면 누가 우리의 가족을 파괴하는가. 그것은 보편적 복지를 비롯한 사회적 안전망의 건설을 포퓰리즘의 이름으로 조롱하는 일부 무지한 담론들이다. 폭력의 계보 가장 꼭대기에서 폭력의 가장 깊은 원천을 생산하는 이 무자비한 담론의 라인을 끊는 유일한 방법은 보편적 복지의 실현을 통해 우리의 소중한 가정들을 지켜내는 것이다. 이 소설집이 가지고 있는 소중한 덕목 중의 하나는, 이 소설집이 하찮아 보일 수도 있는 청소년들의 주변적 소서사(petit narrative)들을 통해 이와 같은 큰 이야기(grand narrative)를 전하는 능력을 가지고 있다는 것이다.

개똥철학자들의 뒷모습을 그리고 싶다

그 시절 나는 참 외로웠다. 고등학교에 입학했으나 한 달도 되지 않아 생의 가장 어두운 모퉁이로 추락해버렸다. 믿을 수 없었다. 받아들일 수 없었다. 나는 그곳을 탈출하기 위해서 발악하다가 지쳐버렸다. 결국은 그런 삶을 받아들였다.

나는 그곳에서 수많은 영혼들을 만났다. 어른들의 눈으로 보면 죄다 문제아들이었다. 나처럼 시골에서 올라온 아이들도 있었고, 부모님이 대학교수인 아이들도 있었고, 부모님이 의사인 아이들도 있었고, 가난한 노동자의 아이들도 있었다. 그렇게 다양한 아이들이 다양한 이유 때문에 대학 입시 전투에서 낙오되어 문제아로 떠돌고 있었다. 예나 지금이나 공부를 못하면 문제아가 된다.

내가 만나는 아이들은 죄다 그런 아이들이었다.

나는 그 아이들 속에서도 제대로 어울리지 못하는 지진아였다. 그런 나에게 가장 여자를 잘 사귀는 아이가 접근해 왔다. "야, 너는 내가 보니까 시 쓰면 잘 쓸 것 같애. 시 한번 써봐라." 나는 그 말을 듣고 그만 웃어버렸다. 시라니? 나는 그때까지 시 한번 써본 적이 없었다. 한데 그놈은 진지했다. "진짜야, 자식아. 너는 좀 달라. 노래도 꼭 그런 노래만 부르고. 왠지 그럴 것 같다는 생각이 들어."

그 뒤로 그놈이랑 나는 단짝이 되었다. 그놈도 중학교 때는 제법 공부를 잘했다고 하는데 그걸 확인할 길은 없었고, 다만 얼굴이 잘생기지도 않았는데도 여자를 사귀는 기술은 국가대표급이었다. 그놈은 제법 주먹도 잘 써서 조폭들로부터 끊임없이 조직에 들어오라는 유혹을 받았다. 그놈은 걸핏하면 종교에 대해서 떠들어댔다. 또 한 놈은 우리가 백사라는 별명을 붙였을 정도로 얼굴이 하얀데, 틈만 나면 죽음에 대한 노래만 불러댔다. 그놈은 만가와 〈사의 찬미〉를 잘 불렀다. 우리들 중에서 그래도 공부를 잘하는 편이었던 또 다른 놈은 늘 외계인에 대해 파고들었다. 그놈하고 만나면 밤새도록 외계인 이야기를 해야만 했다. 또 한 놈은 목소리가 여자 같은 녀석이었는데 우리는 그놈을 철학자라고 불렀다. 그놈은 지겹도록 철학자들을 들먹이면서 이 세상을 비판했다.

우리는 날마다 모여 이야기판을 벌였다. 우리는 개똥철학자들이었다. 비록 학교에서는 꼴통이니 문제아니 손가락질당했지만, 우리끼리 한번 논쟁이 붙으면 욕과 주먹이 오고 갈 정도로 치열했다. 이 세상의 모든 문제를 우리가 해결해야 하는 것처럼 싸웠다. 학교가 필요하다 불필요하다로 싸웠고, 신이 있다 없다로 싸웠고, 공부 못하는 아이들을 처벌하는 선생님들을 응징해야 하느냐 마느냐로 싸워서 친구의 코뼈를 부러트리기도 하였다. 그러고 나서는 입원한 친구의 입원비를 마련하기 위해 막일을 하기도, 토종꿀을 팔기도 하였다. 한 친구가 진짜 자살을 시도하자, 그 친구를 지켜주지 못한 게 우리 모두의 잘못이라면서 다 같이 죽자고 8차선 도로를 달려가다가 경찰에 붙잡히기도 하였다.

그 시절, 내 생에 가장 아름다웠던 시절이었다. 나는 그때만큼 말을 많이 해본 적이 없다. 나는 그때만큼 자유스러웠던 적이 없다. 나는 그때만큼 책을 많이 읽었던 적이 없다. 나는 그때만큼 많은 친구를 두었던 때가 없다. 나는 그때만큼 생의 근원에 대해서 생각해본 적이 없다.

이 글을 정리하면서 유독 그때 생각을 많이 하였다. 특히 청소년 소설을 쓸 때마다, 그들의 삶을 얼마만큼 들여다보고 있는지 새삼 나를 돌아다보았다. 유감스럽게도 요즘은 그런 개똥철학자들이 많지 않다. 비록 서툴지만 끊임없이 생의 근원에 대한 의문을 던지면서 살아가는 개똥철학자들을 보고 싶다. 그런 생각을 하면서 이 소설을 세상으로 내보낸다.

손님 같은 이 봄비가 밤새 다녀가고 나면 세상은 온통 꽃판이겠지. 아무 옷이나 걸쳐 입어도 예뻐 보이는 풀꽃들이 재잘거리고 있는 2012년 봄날, 이상권.

우리 반 애들 모두가 망했으면 좋겠어 | 이도해 장편소설

사회로부터, 반 친구들로부터, 손님으로부터 무시당하거나 괴롭힘을 당하는 사람들이 모여 만든 비밀 독서 모임. 이들은 각자 자신이 할 수 있는 최선의 '복수'를 계획하고, 공유한다. 그 계획이 5년이 걸리든, 20년이 걸리든.

★ 제12회 자음과모음 청소년문학상 수상작

바람의 독서법 | 김선영 소설집

김선영 작가의 문학적 나이테가 깃든 다섯 편의 소설집. 청소년기라는 삶의 한 과정을 지나고 있는 모두에게 전하는 따뜻한 격려의 이야기.

페어링 | 조규미 장편소설

따돌림을 당하는 수민에게 찾아온 버려진 이어폰. 고장난 줄 알았던 이어폰에서는 수민이 힘들 때마다 위로를 건네주는 목소리가 들려온다. 이어폰 속 목소리로 외로움을 극복해 나가던 수민에게 성적 조작이라는 커다란 사건이 찾아온다.

종말주의자 고희망 | 김지숙 장편소설

오 년 전, 살던 집 근처에서 동생이 사고를 당한 이후 갑작스레 찾아온 불편한 침묵을 견디기 위해 희망은 종말주의자가 되기로 한다. 희망의 소설 속에서 종말하는 사람이 많아질수록, 희망의 삶에 대한 의지는 더욱 커져 간다.

★ 학교도서관저널 추천도서

은명 소녀 분투기 | 신현수 장편소설

실제 일제 강점기의 동맹 휴학을 모티브로 한 소설. 경성의 명문 학교에 다니는 혜인, 애리, 금선은 학교에 부임한 일본인 선생들의 만행과 시대의 압박에 대항하여 동맹 휴학을 하기로 결심한다.

★ 학교도서관저널 추천도서
★ 한국문화예술위원회 문학나눔 선정도서

이번 생은 해피 어게인 | 이은용 외 지음

내 마음대로 인생을 다시 살 수 있다면 행복할까? 다섯 명의 작가가 무한한 상상력으로 반복되는 인생을 사는 십 대들을 그려내는 단편 앤솔러지.

★ 학교도서관저널 추천도서

춘란의 계절 | 김선희 장편소설

폭력과 외로움에 익숙해질 무렵 춘란에게 찾아온 태승과 신비는 시린 겨울 같던 춘란의 삶에 봄을 되찾아 줄 수 있을까? 사랑과 사람에게 상처받은 춘란은 다시 사랑할 수 있을까?

★ 한국문화예술위원회 문학나눔 선정도서

흉가탐험대 | 박현숙 장편소설

겨울방학 캠프에 참가한 뒤 각자의 비밀을 간직하게 된 네 친구 이야기. 친구의 죽음에 얽힌 흉가를 탐험하면서 그 속에 감춰진 비밀과 진실을 찾는 이야기

★ 학교도서관저널 추천도서

마이너스 스쿨 | 이진 외 지음

십 대를 위협하는 학교폭력을 주제로 다섯 편의 짧은 이야기를 모은 소설집. 방향 없는 폭력 앞에 무방비하게 놓인 십 대의 학교폭력의 내밀한 모습을 들여다본다.

★ 학교도서관저널 추천도서

조선 요괴 추적기 | 신설 장편소설

신통한 법사를 꿈꾸는 막동이와 은둔 고수를 자청하는 구랍 법사. 정체불명 존재를 쫓는 그들의 기묘한 모험담.

★ 학교도서관저널 추천도서

나의 수호신 크리커 | 이송현 장편소설

엄마를 떠나보낸 후 자신의 본모습을 잃은 한조. 어느 날 그의 눈앞에 수호신 '크리커'가 나타난다.

★ 서울문화재단 지원도서

디어 시스터 | 김혜정 장편소설

그 여름, 우린 가장 멀리 떨어져 있었지만 가장 가까이 있었다. 전쟁 같은 자매의 아슬아슬 성장기.

★ 학교도서관저널 추천도서
★ 세종도서 교양부문 선정

두메별, 꽃과 별의 이름을 가진 아이 | 범유진 장편소설

여자라서 받는 억압, 백정이라서 당하는 차별. 이 모든 것을 벗어던지기 위한 한 소녀의 용감한 모험이 시작된다.

★ 한국문화예술위원회 문학나눔 선정도서
★ 행복한아침독서 추천도서

숏컷 | 박하령 소설집

『나의 스파링 파트너』에 이은 박하령 작가의 두 번째 소설집. 다양한 상황에 놓인 십대의 분투기가 그려진다.

★ 학교도서관저널 추천도서
★ 한국문화예술위원회 문학나눔 선정도서

러닝 하이 | 탁경은 장편소설

가족 속에서 자신의 위치를 고민하는 하빈과 민희. 두 소녀가 달리기와 연대를 통해 '나'를 찾아간다.

★ 학교도서관저널 추천도서

사랑니

© 이상권, 2012

초판 1쇄 발행 2012년 5월 10일
초판 2쇄 발행 2023년 2월 1일

지은이 | 이상권
펴낸이 | 정은영

펴낸곳 | (주)자음과모음
출판등록 | 2001년 11월 28일 제2001-000259호
주   소 | 10881 경기도 파주시 회동길 325-20
전   화 | 편집부 (02)324-2347, 경영지원부 (02)325-6047
팩   스 | 편집부 (02)324-2348, 경영지원부 (02)2648-1311
이메일 | jamoteen@jamobook.com
블로그 | blog.naver.com/jamogenius

ISBN 978-89-544-2724-1(43810)